Collection

DU

Comte Mimerel

BIBLIOTHÈQUE DE H. STETTLER

PARIS — 1910

Collection du Comte **MIMEREL**

MINIATURES

ET ÉMAUX

OBJETS DE VITRINE

CONDITIONS DE LA VENTE

Elle aura lieu au comptant.

Les adjudicataires paieront *dix pour cent* en sus des enchères.

L'exposition permettant au public de se rendre compte de l'état et de la nature des objets, aucune réclamation ne sera admise une fois l'adjudication prononcée.

N. B. — *Les mesures données au Catalogue n'y figurent qu'à titre d'indication et ne sont qu'approximatives*

Paris — Imp. Georges Petit, 12, rue Godot-de-Mauroi. — 20263-09.

CATALOGUE

DES

MINIATURES

ET ÉMAUX

Principalement des Écoles Française et Anglaise des XVIIIe et XIXe siècles

ŒUVRES DE

AUGUSTIN, BELIN, BERJON, BERNY D'OUVILLÉ, BERTRAND, BONE, BORNET
BOUCHARDY, BOURGEOIS, Mme CALLAULT, CAMPANA, CHARLIER, CIOR, CONSTANTIN
COSWAY, COURTOIS, CROIZIER, DEBREA, DUBOIS, DUMONT, DUN
FAURE, FLEURY, FONTALLARD, GAULT, GUÉRIN, HALL, HERVIER, HOIN, ISABEY, JACQUES
LEFÈVRE, LEMOINE, LÉVÊQUE, MOSNIER, NOEL, PASQUIER, PÉRIN, PETITOT
PLOTT, PLYMER, SAINT, SINGRY, THIBOUST, VESTIER, VILLERS
WEYLER, ETC., ETC.

OBJETS DE VITRINE

Boîtes, Bonbonnières, Tabatières, Étuis, Nécessaires

EN ÉCAILLE, IVOIRE, OR, OR ÉMAILLÉ, PIERRES DURES, VERNIS MARTIN, ETC.

CACHETS, BRELOQUES, COUTEAUX, CISEAUX & OBJETS DIVERS

VITRINES & LIVRES

COMPOSANT L'IMPORTANTE

Collection du Comte MIMEREL

ET DONT LA VENTE AUX ENCHÈRES PUBLIQUES AURA LIEU A PARIS

HOTEL DROUOT, SALLE N° 6

Les Lundi 18, Mardi 19,
Mercredi 20, Jeudi 21 et Vendredi 22 Avril 1910

A 2 HEURES 1/2

<table>
<tr><td align="center">COMMISSAIRE-PRISEUR</td><td align="center">EXPERTS</td></tr>
<tr><td align="center">**Me F. LAIR-DUBREUIL**
6, rue Favart, 6</td><td align="center">**MM. PAULME & B. LASQUIN FILS**
10, rue Chauchat   rue Grange-Batelière, 11</td></tr>
</table>

EXPOSITIONS

PARTICULIÈRE : *Le Samedi 16 Avril 1910, de 1 h. 1/2 à 6 h.*
PUBLIQUE : *Le Dimanche 17 Avril 1910, de 1 h. 1/2 à 6 h.*

ORDRE DES VACATIONS

Lundi 18 Avril 1910.

Nᵒˢ

Boîtes décorées au vernis (Partie des)	204 à 216
Boîtes, Étuis, en écaille, laque, ivoire, etc. (Partie des). . . .	356 à 374
Etuis-Souvenirs d'amitié.	156 à 173
Miniatures (Partie des)	1 à 31

Mardi 19 Avril 1910.

Boîtes décorées au vernis (Fin des).	217 à 228
Boîtes, Étuis, en écaille, laque, ivoire, etc. (Fin des).	375 à 393
Étuis-Nécessaires décorés au vernis (Partie des)	174 à 188
Miniatures (Suite)	32 à 69

Mercredi 20 Avril 1910.

Objets divers en argent ou métal.	394 à 407
Cachets-Breloques montés en or.	344 à 349
Étuis-Nécessaires décorés au vernis (Fin des)	189 à 203
Étuis en or et or émaillé (Partie des)	280 à 294
Miniatures (Suite)	70 à 101

Jeudi 21 Avril 1910.

Boîtes, Cachets en porcelaine ou émail, Porcelaines de Saxe. .	229 à 242
Étuis en or et or émaillé (Fin des)	295 à 309
Objets de vitrine en matières dures montées (Partie des) . . .	243 à 260
Boîtes, Tabatières en or et or émaillé (Partie des)	310 à 326
Miniatures (Suite)	102 à 125

Vendredi 22 Avril 1910.

Couteaux et Ciseaux montés en or et argent.	350 à 355
Objets de vitrine en matières dures montées (Fin des)	261 à 279
Boîtes, Tabatières en or et or émaillé (Fin des).	327 à 343
Miniatures (Fin des)	126 à 155
Livres	414 à 418
Vitrines.	408 à 413

MINIATURES ENCADRÉES

ou

MONTÉES SUR BOITES

AIXUBERT (?)

Fin du xviiie siècle.

1 — *Portrait de femme.*

En buste. Elle est vêtue d'une robe blanche largement décolletée ; fond de paysage.

Miniature rectangulaire. Signature peu lisible, en bas, à droite.

Haut., 57 millim.; diam., 45 millim.

ARLAUD (Jacques-Antoine)

Genève, 1668-1743.

2 — *Portrait d'homme.*

En buste. Coiffé d'une grande perruque et vêtu d'une cuirasse.

Miniature ovale sur vélin.

Haut., 60 millim.; larg., 45 millim.

Cadre guilloché à reverbère.

Au revers, se lit l'inscription suivante : *Jacobus Antonius Arlaud, Genevensis, pingebat ad vivum Parisiis, anno 1700, mense decembre.*

AUGUSTIN (Attribué à J.-B.-J.)
xviiie siècle.

3 — *Portrait de jeune homme.*

En buste. Vêtu d'un habit bleu, gilet rayé et cravate
blanche nouée.

Miniature rectangulaire.

Haut.,65 millim.; larg., 51 millim.

BELIN (Claude-Alexandre)
École française, fin du xviiie siècle et commencement du xixe.

4 — *Portrait d'homme.*

En buste. Habit prune à col et revers, gilet à rayures
et cravate blanche.

Miniature ovale, signée et datée *94*, en bas, à droite.

Haut., 68 millim.; larg., 56 millim.

(Citée dans l'ouvrage de Henri Bouchot[1], p. 73.)

BERJON (Antoine)
1753-1843.

5 — *Portrait de femme* (vers 1800).

En buste. De profil, coiffée à l'antique.

Miniature rectangulaire à angles coupés, signée à
gauche.

Haut., 36 millim.; larg., 30 millim.

Cadre-médaillon en or.

(Exposition d'œuvres d'art du xviiie siècle, à la Bibliothèque nationale, en 1906, n° 54.)

(Citée et reproduite dans l'ouvrage de Henri Bouchot,
p. 119.)

---

1. H. Bouchot. *La Miniature française (1750-1825)*. Paris, Goupil, Manzi et
Joyant, 1907, in-4° illustré.

BERNY D'OUVILLÉ
(Charles-Antoine-Claude)

Fin du XVIIIe siècle ou commencement du XIXe.

6 — *Portrait de femme.*

En buste. Corsage bleu décolleté.
Miniature ovale, signée en bas, à droite.

Haut., 59 millim.; larg., 44 millim.

(Reproduite dans l'ouvrage de Henri Bouchot.)

BERNY D'OUVILLÉ
(Charles-Antoine-Claude)

7 — *Portrait de femme.*

En buste. Vêtue d'une robe rouge avec collerette de dentelle.
Miniature ovale, signée en bas, à droite.

Haut , 70 millim.; larg., 56 millim.

Cadre-médaillon en or.
(Reproduite dans l'ouvrage de Henri Bouchot.)

BERTRAND (Vincent)

Fin du XVIIIe siècle et début du XIXe.

8 — *Portrait d'homme.*

En buste. Habit bleu à grand revers, gilet blanc et cravate de même.
Miniature ronde, signée en bas, à gauche.

Diam., 61 millim.

(Reproduite dans l'ouvrage de Henri Bouchot.)

BONE (Henry)

École anglaise, 1755-1834.

9 — *Portrait de George IV.*

En buste.

Miniature ovale, peinte en émail, signée du mono-
gramme *HB*, à gauche.

Haut., 30 millim.; larg., 25 millim.

Elle est montée sur une boîte rectangulaire, à angles
coupés, en or ciselé et guilloché, émaillé de filets bleus.
Au revers du couvercle, on lit, gravée, l'inscription : *Presented by His Majesty to the Marquis of Latour Maubourg,
Ambassador of France.* Commencement du XIX⁰ siècle.

Long., 80 millim.; larg., 48 millim.

BONE (Attribué à Henry)

10 — *Portrait de femme* (vers 1805).

En buste. Robe blanche décolletée, le cou paré d'un
collier de perles, coiffure ornée d'un ruban avec bijou.
Miniature ovale, non signée.

Haut., 90 millim.; larg., 70 millim.

Cadre-médaillon en or.

BORNET

Fin du XVIII⁰ siècle.

11 — *Portrait d'un personnage de la Révolution* (vers
1795).

En buste.
Miniature ovale, signée en bas, à droite.

Haut., 44 millim.; larg., 35 millim.

Cadre en or.
(Exposition d'œuvres d'art du XVIII⁰ siècle, à la Bibliothèque nationale, en 1906, n° 60.)

BORNET

12 — *Portrait de femme.*

Buste. Corsage bleu et fichu blanc, cheveux poudrés ornés de rubans.

Miniature ronde, signée en bas, à droite.

Diam., 70 millim.

Elle est montée sur une boite ronde, en écaille brune, cerclée, du temps de Louis XVI.

Diam., 100 millim.

(Exposition d'œuvres d'art du xviiie siècle, à la Bibliothèque nationale, en 1906, n° 59.)

(Citée et reproduite dans l'ouvrage de Henri Bouchot.)

BOUCHARDY

Fin du xviiie siècle.

13 — *Portrait de H.-F. M...,* premier juge-consul en 1785 *et changeur du Roy, à Amiens.*

Miniature ronde, signée et datée *98*, en bas, à droite.

Diam., 57 millim.

Cadre en or; au revers, initiales découpées en or.

BOUCHER (D'après F.)

xviiie siècle.

14 — *Amours jouant avec une chèvre.*

Miniature ronde, peinte à la gouache.

Diam., 70 millim.

Elle est montée sur une boîte ronde, en ivoire, cerclée d'or, d'époque Louis XVI.

Diam., 76 millim.

BOUCHER (D'après F.)

15 — *Amours jouant avec deux colombes.*

Miniature ronde, peinte à la gouache.

Diam., 70 millim.

Elle est montée, comme la précédente, à laquelle elle peut faire pendant, sur une boite ronde en ivoire, cerclée d'or, du temps de Louis XVI.

Diam., 76 millim.

BOUCHER (D'après F.)

16 — *Le Concert champêtre* (xviiie siècle).

Composition pastorale : berger, bergère. enfants et animaux.

Importante miniature fixée sous verre.

Haut., 80 millim.; larg., 120 millim.

Cadre en bronze doré.

BOUCHER (D'après F.)

17 — *L'Été,* sujet pastoral (xviiie siècle).

Petite miniature ovale, peinte en émail.

Haut., 38 millim.; larg., 30 millim.

BOURGEOIS (Charles-Guillaume-Alexandre)

Amiens, 1759; † Paris, 1832.

18 — *Portrait d'homme.*

En buste. Vêtu d'un habit bleu foncé, avec gilet blanc et cravate de même.

Miniature ovale, signée et datée : *1806,* en bas, à droite.

Haut., 68 millim.; larg., 56 millim.

Cadre ancien en bronze ciselé et doré.

NOTA. — Bourgeois, habile peintre miniaturiste, fut aussi graveur et physicien. Il s'occupa de rechercher chimiquement des couleurs plus belles et plus fines que les couleurs ordinaires ; ses recherches furent couronnées de succès, et les artistes lui sont redevables, sans s'en douter peut être, d'une grande amélioration sous ce rapport.

CALLAULT (Mme), née Gillé
Commencement du xixe siècle.

19 — *Portrait d'homme* (vers 1825).

En buste. Vêtu d'un habit noir, gilet blanc et cravate de même.

Miniature ovale, signée à droite.

Haut., 95 millim.; larg., 77 millim.

CAMPANA (François)
xviiie siècle : † Paris, 1786.

20 — *Portrait d'homme*, en costume de cérémonie à large col blanc.

Buste avec collerette de toile bordée de dentelle.
Miniature ovale.

Haut., 48 millim.; larg., 38 millim.

Cadre-reliquaire en argent ciselé et doré, partiellement émaillé, de la fin du xvie siècle.

CAMPANA (Attribué à François)

21 — *Portrait de femme* (vers 1780).

Assise dans un parc, en robe blanche; coiffure retombant sur les épaules.

Miniature ronde non signée.

Diam., 64 millim.

Elle est montée sur une boite ronde en vernis rouge cerclée d'or guilloché. Époque Louis XVI.

Diam., 72 millim.

CHARLIER (Jacques)
Vers 1720 ; † après 1779. — Élève de Boucher.

22 — *Jupiter et Léda,* d'après F. Boucher.

Miniature rectangulaire.

Haut., 50 millim.; larg., 70 millim.

CHARLIER (Attribué à Jacques)

23 — *Nymphe au bain.*

Miniature rectangulaire.

Haut., 49 millim.; larg., 70 millim.

CIOR (Pierre-Charles)

Paris, 1769 ; † (?).

24 — *Portrait d'homme.*

En buste : habit noir à grand parement, gilet à rayures et cravate blanche.

Miniature ovale signée à gauche.

Haut., 64 millim.; larg., 53 millim.

(Reproduite dans l'ouvrage de Henri Bouchot.)

CONSTANTIN (Abraham)

Genève, 1785 ; † après 1851.

Élève de Gérard, peintre de 1re classe de la Manufacture de Sèvres.

25 — *Portrait de Vivant-Denon,* directeur des Musées nationaux.

En buste, vêtu d'un habit de velours violacé à collet vert.

Miniature ovale peinte en émail, signée à droite et datée : *1809.*

Haut., 57 millim.; larg., 47 millim.

Elle est montée sur une boîte ronde en écaille brune doublée de métal doré.

Diam., 83 millim.

(Citée et reproduite dans l'ouvrage de Henri Bouchot.)

Un émail par Augustin représentant le même personnage figurait à l'Exposition d'œuvres d'art du XVIIIe siècle, à la Bibliothèque nationale, en 1906, sous le n° 22.

COSWAY (Richard)

Angleterre, 1740-1821.

26 — *Portrait de « James Jones, esquire, died 31 janu.
1791, aged 51 ».*

Cette mention est indiquée en émail sur un cercle
bleu, au revers du médaillon.

Haut., 40 millim.; larg., 30 millim.

Cadre-médaillon en or et émail bleu.
(Exposition d'œuvres d'art du xviiie siècle, à la Bibliothèque nationale, en 1906, n° 103.)

COTEAU

D'après J.-B. ISABEY

27 — *Portrait de l'empereur Napoléon Ier.*

Buste. En costume de général.
Miniature ovale peinte en émail, signée à droite.

Haut., 51 millim.; long., 40 millim.

Elle est montée sur une boîte rectangulaire à angles
coupés, en or ciselé à bordures, rinceaux et émail bleu.
Au revers du couvercle, on lit, gravée, l'inscription :
*Donné par l'Empereur au général Duroc, Grand Maréchal
du Palais.* Commencement du xixe siècle.

Long., 90 millim.; larg., 60 millim.

COURTOIS (Nicolas-André)

xviiie siècle.

28 — *Portrait du duc de Nivernais* (vers 1770).

En buste. Habit marron brodé d'or et jabot.
Miniature ovale peinte en émail.

Haut., 30 millim.; larg., 25 millim.

Elle est montée sur une boîte ronde en écaille brune,
galonnée d'or, d'époque Louis XVI.

Diam., 65 millim.

CROIZIER (J.)

Commencement du XIXe siècle.

29 — *Portrait d'homme* (vers 1820).

Buste. Habit à revers, gilet blanc et cravate de même.
Miniature ovale signée à droite.

Haut., 64 millim.; larg., 54 millim.

DUBOIS (Frédéric)

XVIIIe et XIXe siècles.

30 — *Portrait d'homme.*

En buste ; habit bleu à grand collet et jabot de dentelle.
Miniature ovale signée et datée : *1782.*

Haut., 42 millim. ; larg., 38 millim.

Cadre à réverbère partiellement en or.
(Citée et reproduite dans l'ouvrage de Henri Bouchot.)

DUBOIS (Frédéric)

31 — *Portrait de femme* (vers 1805).

Buste. Elle est vêtue d'une chemisette blanche décolletée avec écharpe bleue.
Miniature ronde, signée : *Du Bois,* à gauche.

Diam., 50 millim.

Vente B. Kotschoubey, n° 168.

DUMONT (François)

Lunéville, 1751 ; † Paris, 1831.

32 — *Portrait présumé de Saint-Just.*

En buste. Vêtu d'un habit à revers avec cravate.
Miniature ronde.

Diam., 61 millim.

(Reproduite dans l'ouvrage de Henri Bouchot.)

DUMONT (François)

33 — *Portrait de M. de M.... C.... [de Montgon-Cordebœuf]*, *maître de camp, général vendéen.*

Miniature ronde, peinte en émail, signée au revers : *D...* [Dumont], *1796*, avec l'inscription ci-dessus.
Cadre en bronze doré.

Diam., 61 millim.

DUMONT (François)

34 — *Portrait de femme* (vers 1775).

En buste. Corsage rose rayé et coiffure haute ornée de rubans.
Miniature ovale.

Haut., 43 millim. ; long., 33 millim.

Elle est montée sur une boîte ovale en écaille brune cerclée d'or, d'époque Louis XVI.

Long., 87 millim.; larg., 63 millim.

(Citée et reproduite dans l'ouvrage de Henri Bouchot comme œuvre de la première manière du maître.)

DUMONT (François)

35 — *Portrait de jeune homme.*

En buste. Habit à revers et cravate blanche.
Miniature ronde, signée et datée : *1781,* en bas, à droite.

Diam., 50 millim.

Elle est montée sur une boîte ronde en écaille brune.

Diam., 75 millim.

(Citée et reproduite dans l'ouvrage de Henri Bouchot).

DUN

École française, commencement du xixe siècle.

Travailla à Naples, peignit Murat et la famille royale.

36 — *Portrait de jeune femme* (vers 1800).

En buste. Elle est vue de dos, la tête retournée presque de face ; corsage de satin blanc et fichu noué enfermant la chevelure.

Miniature ovale, signée à gauche.

Haut., 68 millim.; larg., 55 millim.

Cadre ancien Louis XVI, en bronze doré.

(Citée et reproduite dans l'ouvrage de Henri Bouchot sous une attribution erronnée.

ÉCOLE ANGLAISE

xviiie siècle.

37 — *Portrait de jeune femme.*

Elle est assise, écrivant un billet sur lequel on lit le mot : *Dear...*

Miniature ovale.

Haut.. 64 millim.; larg., 56 millim.

ÉCOLE ANGLAISE

xviiie siècle.

38 — *Portrait d'homme.*

En buste. Vêtu d'un habit bleu à collet rouge.

Miniature ovale.

Haut., 70 millim.; larg., 50 millim.

Cadre-médaillon en or.

ÉCOLE ANGLAISE

xviiie siècle.

39 — *Portrait d'un officier* (vers 1780).

Buste. Vêtu d'un uniforme rouge et décoré de nombreux ordres.
Miniature ronde.

Diam., 83 millim.

Cadre en bronze doré.

ÉCOLE ANGLAISE

xviiie siècle.

40 — *Portrait d'homme* (vers 1785).

En buste. Il est assis, vêtu d'un habit bleu, gilet blanc et cravate de dentelle.
Miniature ronde.

Diam., 64 millim.

Elle est montée sur une boîte ronde en écaille brune, cerclée d'or, d'époque Louis XVI.

Diam., 72 millim.

ÉCOLE ANGLAISE

Fin du xviiie siècle.

41 — *Portrait de jeune femme* (vers 1790).

En buste. Corsage noir, orné de dentelle ; la chevelure est coiffée d'un curieux chapeau de paille.
Miniature rectangulaire à angles coupés.

Haut., 56 millim.; larg., 46 millim

Petit cadre ancien doré, à nœud de ruban.

ÉCOLE ANGLAISE

Commencement du xixe siècle.

42 — *Portrait de femme* (vers 1805).

> Buste. En robe blanche, parée d'un sautoir en or, avec médaillon-cœur.
> Miniature ovale.

Haut., 85 millim.; larg., 65 millim.

Cadre-médaillon en or.

ÉCOLE FRANÇAISE.

xviie siècle.

43 — *Portrait d'homme à grande perruque (Louis XIV ?).*

> Buste. En cuirassse avec le grand cordon du Saint-Esprit.
> Miniature ovale, peinte en émail.

Haut., 3o millim.; larg., 23 millim.

Montée avec cadre à réverbère et filet bleu sur une boîte ovale en écaille brune.

ÉCOLE FRANÇAISE

Époque Régence.

44 — *Portrait de femme.*

> En buste. Vêtue d'un corsage jaune, avec mantille de soie.
> Miniature ovale.

Haut., 6o millim.; larg., 45 millim.

Cadre guilloché, à réverbère.

ÉCOLE FRANÇAISE

xviiie siècle.

45 — *Portrait d'un magistrat* (époque Régence).

En buste. Fond de draperie.
Miniature ronde, peinte en émail.

Diam., 70 millim.

Cadre en bronze doré.

ÉCOLE FRANÇAISE

xviiie siècle.

46 — *Portrait de femme* (époque Régence).

En buste. Très décolletée.
Miniature ronde, peinte en émail.

Diam., 32 millim.

ÉCOLE FRANÇAISE

xviiie siècle.

47 — *Portrait du peintre Joseph Vernet* (époque
Louis XV).

En buste. Vêtu d'un habit gris violet, tenant un porte-
crayon; fond de draperie et vue de ville.
Miniature ronde

Diam., 72 millim.

ÉCOLE FRANÇAISE
xviiiᵉ siècle.

48 — *Portrait du roi Louis XV* (d'après Van Loo, vers 1750).

En buste. Vêtu de la cuirasse, avec les ordres et manteau bleu fleurdelisé.

Miniature rectangulaire.

Haut., 44 millim.; larg., 70 millim.

Encadrement en argent ciselé et doré.

Elle est montée sur une boîte rectangulaire en écaille brune.

Long.. 85 millim.; larg., 57 millim.

ÉCOLE FRANÇAISE
xviiiᵉ siècle.

49 — *Portrait de Pantaléon II, comte de Bréda,* né le *28 août 1711, mort le 7 juillet 86* (vers 1770).

Miniature ovale.

Haut, 39 millim.; larg., 33 millim.

Cadre-médaillon en or, portant gravée au revers l'inscription ci-dessus.

ÉCOLE FRANÇAISE
xviiiᵉ siècle.

50 — *Portrait de jeune femme.*

En buste.

Miniature ovale, peinte en émail.

Haut., 45 millim.; larg., 35 millim.

Elle est montée sur une boîte ovale en or ciselé, à laurier, guirlandes, attributs militaires et rinceaux, sur fond amati, petites bordures émaillées bleu et blanc. Commencement du xixᵉ siècle.

Long., 90 millim.; larg., 60 millim.

ÉCOLE FRANÇAISE
xviiiᵉ siècle.

51 — *Portrait d'un abbé* (vers 1770).

Miniature ovale.

Cadre-médaillon.

Haut., 39 millim.: larg., 31 millim.

ÉCOLE FRANÇAISE
xviiiᵉ siècle.

52 — *Portrait d'homme* (fin du temps de Louis XV).

En buste. Vêtu d'un habit rouge, avec jabot de dentelle et portant perruque.

Miniature ovale.

Haut., 42 millim.; larg., 32 millim.

Cadre-broche, en or ciselé, avec filet d'émail bleu.

ÉCOLE FRANÇAISE
xviiiᵉ siècle.

53 — *Portrait d'un artiste* (vers 1775).

En buste. Vêtu d'un habit verdâtre, avec jabot; il tient un porte-crayon à la main.

Miniature ovale.

Haut., 77 millim.; larg., 63 millim.

Cadre rectangulaire, avec vue ovale, en cuivre ciselé et doré.

ÉCOLE FRANÇAISE
xviiiᵉ siècle.

54 — *Portraits d'homme et de dame âgée* (vers 1775).

Deux miniatures ovales.

Haut., 31 millim.; larg., 24 millim.

Elles sont montées ensemble sur une boîte ronde, en écaille.

Diam., 72 millim.

ÉCOLE FRANÇAISE

xviiie siècle.

55 — *Portrait d'homme.*

> En buste. Vêtu d'un habit brun, à revers rouge et cravate blanche.
> Miniature ronde.
>
> Diam., 57 millim.
>
> Cadre en bronze doré, avec nœud de ruban.

ÉCOLE FRANÇAISE *

xviiie siècle.

56 — *Portrait d'homme* (vers 1775,.

> En buste. Habit de velours bleu brodé et jabot de dentelle.
> Miniature ovale.
>
> Haut., 40 millim.; larg., 33 millim.
>
> Elle est montée sur une boîte ovale, en écaille brune, ornementée de laurier en argent doré.
>
> Long., 92 millim.; larg., 45 millim.
>
> *Vente Feydeau.*

ÉCOLE FRANÇAISE

xviiie siècle.

57 — *Portrait d'homme.*

> En buste. Vu de face et vêtu d'un habit bleu, avec jabot de dentelle.
> Petite miniature ovale.
>
> Haut., 33 millim.; larg., 27 millim.

ÉCOLE FRANÇAISE
xviiie siècle.

58 — *Portrait d'homme, en chasseur* (vers 1775).

En buste sur un fond de paysage. Habit vert, avec col blanc et cravate de même.

Miniature ronde.   Diam., 53 millim.

Elle est montée sur une boîte ronde, en écaille blonde, cerclée d'or ciselé.   Diam., 63 millim.

ÉCOLE FRANÇAISE
xviiie siècle.

59 — *Portrait d'homme.*

En buste. Habit bleu, brodé d'or, et gilet rouge.
Miniature ovale.   Haut., 55 millim.; larg., 39 millim.

ÉCOLE FRANÇAISE
xviiie siècle.

60 — *Portrait d'homme.*

En buste.
Petite miniature ovale.   Haut., 30 millim.; larg., 25 millim.

Cadre-médaillon en or, provenant d'un bracelet.

ÉCOLE FRANÇAISE
xviiie siècle.

61 — *Portrait de femme.*

En buste.
Petite miniature ovale.   Haut., 30 millim.; larg., 25 millim.

Peut faire pendant à la précédente.
Cadre-médaillon en or, provenant d'un bracelet.

ÉCOLE FRANÇAISE

xviiie siècle.

62 — *Portrait de femme en Flore* (d'après H. Drouais).

En buste. Corsage décolleté et écharpe.
Miniature rectangulaire.

Haut., 44 millim.; larg., 64 millim.

Elle est montée sur une boîte rectangulaire à charnière, en écaille brune garnie d'or, avec cadre guilloché. Époque Louis XVI.

Long., 75 millim., larg., 55 millim.

ÉCOLE FRANÇAISE

xviiie siècle.

63 — *Portrait de femme* (vers 1775).

En buste. Corsage décolleté, haute coiffure retombant sur les épaules.
Miniature ovale.

Haut., 39 millim.; larg., 33 millim.

Elle est montée sur une boîte ronde en ivoire cerclée d'or, avec intérieur en marqueterie de paille, d'époque Louis XVI.

Diam., 70 millim.

ÉCOLE FRANÇAISE

xviiie siècle.

64 — *Portrait d'homme âgé* (vers 1780).

En buste. Il est assis, coiffé d'un bonnet de coton serré à la tête par un ruban et tient à la main un mouchoir.
Miniature octogonale.

Diam., 61 millim.

Cadre en or.

ÉCOLE FRANÇAISE
xviiie siècle.

65 — *Portrait de femme* (vers 1780).

En buste. Corsage violet décolleté, coiffure ornée d'un
ruban.
Miniature ronde.

Diam., 57 millim.

Elle est montée sur une boite ronde, cerclée d'or, en
écaille incrustée de nacre et d'or. Époque Louis XVI.

Diam., 65 millim.

Vente Guilhou, n° 24.

ÉCOLE FRANÇAISE
xviiie siècle.

66 — *Portrait de femme* (vers 1780).

Buste. Corsage rose décolleté, orné d'un bouquet de
fleurs, haute coiffure à plumes.
Miniature ovale.

Haut., 56 millim.; larg., 46 millim.

Cadre en or de couleur ciselé, surmonté d'un nœud de
ruban.

ÉCOLE FRANÇAISE
xviiie siècle.

67 — *Portrait d'homme* (vers 1780).

Assis, vu en buste. Habit ouvert à revers brodé et cravate blanche.
Miniature ovale peinte en émail.

Haut., 51 millim.; larg., 41 millim.

Elle est montée sur une boite ronde en écaille brune
galonnée d'or, d'époque Louis XVI.

Diam., 81 millim.

ÉCOLE FRANÇAISE

xviiie siècle.

68 — *Portrait de femme* (vers 1780).

En buste. Corsage bordé de fourrure, perles dans la coiffure.

Miniature ovale peinte en émail.

Haut., 33 millim.; larg., 25 millim.

Petit cadre en or ciselé.

ÉCOLE FRANÇAISE

xviiie siècle.

69 — *Portrait de femme* (vers 1780).

Buste. Corsage bordé de dentelle, le cou et la chevelure parés de perles.

Miniature ovale.

Haut., 47 millim.; larg., 37 millim.

Elle est montée sur une boîte ronde en écaille cerclée d'or, d'époque Louis XVI.

Diam., 72 millim.

ÉCOLE FRANÇAISE

xviiie siècle.

70 — *Portrait d'homme*.

En buste.

Petite miniature ovale.

Haut., 30 millim.; larg., 25 millim.

ÉCOLE FRANÇAISE

xviiie siècle.

71 — *Portrait d'un officier*.

En buste.
Miniature ovale.

Haut., 45 millim.; larg., 35 millim.

Cadre en or.

ÉCOLE FRANÇAISE

xviiie siècle.

72 — *Portrait d'homme*.

En buste. Habit verdâtre et jabot de dentelle.
Petite miniature ovale.

Haut., 35 millim.; larg., 28 millim.

ÉCOLE FRANÇAISE

xviiie siècle.

73 — *Portrait de femme* (vers 1780).

Buste.
Miniature ovale peinte en émail.

Haut., 30 millim.; larg., 24 millim.

Elle est montée sur une boîte ovale, en or ciselé, à
bordures de fleurettes et petits pilastres, émaillée en
couleur ; fond blanc et filet rouge.

Long., 68 millim.; larg., 45 millim.

ÉCOLE FRANÇAISE
xviiie siècle.

74 — *Portrait d'homme* (vers 1780).

Buste.

Miniature ovale peinte en émail.

Haut., 30 millim.; larg., 24 millim.

Elle est montée sur une boîte ovale en or ciselé et émaillé, analogue à la précédente à laquelle elle peut faire pendant.

Long., 68 millim.; larg., 45 millim.

ÉCOLE FRANÇAISE
xviiie siècle.

75 — *Portrait d'homme* (vers 1780).

Buste. En habit bleu avec jabot de dentelle.
Miniature ovale.

Haut., 45 millim.; larg., 37 millim.

Elle est montée sur une boîte ronde au vernis, cerclée et incrustée d'or, doublée d'écaille brune, du temps de Louis XVI.

Diam., 70 millim.

ÉCOLE FRANÇAISE
xviiie siècle.

76 — *Portrait de femme* (vers 1780).

En buste. Corsage blanc et fichu de gaze.
Miniature ovale entourée d'un ornement sur fond blanc.

Haut., 40 millim.; larg., 31 millim.

Elle est montée sur une bonbonnière ronde à charnière en cristal de roche, garnie de cercles en or ciselé portant le poinçon de *Clavel*, régisseur général des droits de marque de 1780 à 1789.

Diam., 57 millim.

ÉCOLE FRANÇAISE

xviiiᵉ siècle.

77 — *Portrait d'actrice, en Cléopâtre.*

Miniature ronde.

Diam., 69 millim.

Elle est montée sur une boîte ronde en écaille brune
cerclée d'or, d'époque Louis XVI.

Diam., 80 millim.

ÉCOLE FRANÇAISE

xviiiᵉ siècle.

78 — *Portrait de jeune femme* (vers 1780).

En buste. Vêtue d'une robe bleue, elle tient un panier
où se voient deux colombes.
Miniature ronde.

Diam., 68 millim.

Elle est montée sur une boîte ronde en écaille brune
cerclée d'or, d'époque Louis XVI.

Diam., 77 millim.

ÉCOLE FRANÇAISE

xviiiᵉ siècle.

79 — *Allégorie : l'Amour conduit par la Folie.*

Miniature ronde.

Diam., 56 millim.

Elle est montée sur une boîte ronde en écaille blonde
cerclée d'or, d'époque Louis XVI.

Diam., 63 millim.

ÉCOLE FRANÇAISE
(Attribué à LEMOINE)
xviiie siècle.

80 — *Portrait d'homme* (vers 1780).

En buste. Habit bleu à revers jaune et cravate blanche, chevelure poudrée.

Miniature ovale.

Haut., 56 millim.; larg., 46 millim.

Elle est montée sur une boîte ronde en écaille brune incrustée d'or et de burgau, d'époque Louis XVI.

Diam., 80 millim.

ÉCOLE FRANÇAISE .
xviiie siècle.

81 — *Portrait d'un jeune officier de l'armée autri-chienne.*

En buste. Uniforme blanc à collet rouge.

Miniature ovale.

Haut., 45 millim.; larg., 35 millim.

Elle est montée sur une boite ovale à charnière, en écaille brune, cerclée d'or, d'époque Louis XVI.

Long., 85 millim.; larg., 63 millim.

ÉCOLE FRANÇAISE
xviiie siècle.

82 — *Portrait de femme* (vers 1785).

En buste. Corsage à pois, recouvert d'un fichu bordé de dentelle; cheveux frisés.

Miniature ronde.

Diam., 51 millim.

Elle est montée sur une boîte ronde, en écaille brune, garnie et cerclée d'or, portant le poinçon de *Clavel* (régisseur général des droits de marque, de 1780 à 1789).

Diam., 63 millim.

ÉCOLE FRANÇAISE
xviiiᵉ siècle.

83 — *Portrait d'un officier* (vers 1785).

En buste. Uniforme bleu à parement rouge, épaulettes d'or.

Miniature ovale.

Haut., 50 millim.; larg., 35 millim.

Cadre-broche en or partiellement émaillé et orné de perles de corail.

ÉCOLE FRANÇAISE
xviiiᵉ siècle.

84 — *Portrait de femme* (vers 1785).

En buste. Robe décolletée avec ceinture rouge; coiffure ornée d'un ruban.

Miniature ronde.

Diam., 73 millim.

Dans son écrin en maroquin rouge.

ÉCOLE FRANÇAISE
xviiiᵉ siècle.

85 — *Portrait d'homme* (vers 1790).

En buste. Habit bleu à revers et cravate blanche.
Miniature ovale, peinte en émail.

Haut., 60 millim.; larg., 53 millim.

ÉCOLE FRANÇAISE
Fin du xviiiᵉ siècle.

86 — *Portrait de Pierre-Charles Serre,* de Genève (vers 1790).

Buste. Habit gris, gilet jaune et cravate blanche.
Miniature ronde, peinte en émail.

Diam., 63 millim.

ÉCOLE FRANÇAISE

Fin du XVIIIe siècle.

87 — *Portrait d'un artiste* (vers 1790).

Vu à mi-jambes, assis dans son atelier, il tient sur ses genoux un carton et s'apprête à dessiner, d'après un fragment d'antique.

Grande miniature ovale.

Haut., 90 millim.; larg., 70 millim.

Cadre en bronze finement ciselé et doré.

ÉCOLE FRANÇAISE

Fin du XVIIIe siècle.

88 — *Portrait de Gérard,* député de Rennes, à l'Assemblée Nationale (vers 1790).

D'après une inscription manuscrite.

Pièce intéressante par le costume et le précieux de son exécution, d'un maître certainement.

Miniature ronde.

Diam., 80 millim.

ÉCOLE FRANÇAISE

Fin du XVIIIe siècle.

89 — *Portrait d'homme* (vers 1795).

En buste. Vêtu d'un habit bleu à collet; gilet rouge rayé et crava e blanche.

Miniature ronde.

Diam., 57 millim.

Cadre ancien, en bronze ciselé et doré

ÉCOLE FRANÇAISE
Commencement du xixe siècle.

90 — *Portrait de femme* (vers 1800).

En buste et décolletée, un voile de tulle sur la poitrine.
Miniature ovale, cerclée d'un filet d'émail bleu.

Haut., 65 millim.; larg., 54 millim.

Elle est montée sur une boîte rectangulaire ouvrant à
charnières, à angles coupés, en racine et doublée d'écaille.

Vente de Thuisy.
Vente Guilhou.

ÉCOLE FRANÇAISE
Début du xixe siècle.

91 — *Portrait de jeune femme.*

En buste. Robe blanche décolletée.
Miniature ovale.

Haut., 54 millim.; larg., 39 millim.

ÉCOLE FRANÇAISE
Commencement du xixe siècle.

92 — *Portrait de Bernardin de Saint-Pierre.*

Miniature ovale, peinte à l'aquarelle.

Haut., 86 millim.; larg., 70 millim.

Cadre en bronze doré.

ÉCOLE FRANÇAISE
Commencement du xixe siècle.

93 — *Portrait de femme* (vers 1810).

A mi-corps. Debout sur un perron, devant une draperie
avec fond de parc. Robe décolletée lilas, enguirlandée de
fleurs, les bras nus, et tenant de sa main gauche une
guitare.
Importante miniature ovale.

Haut., 89 millim.; larg., 78 millim.

Cadre ancien en bronze ciselé et doré.

ÉCOLE FRANÇAISE

Commencement du XIXᵉ siècle.

94 — *Portrait de jeune femme* (vers 1820).

En buste. En corsage décolleté blanc, sur fond de draperie rouge et verdure.

Haut., 56 millim.; larg., 45 millim.

ÉCOLE FRANÇAISE

Commencement du XIXᵉ siècle.

95 — *Portrait de femme* (vers 1820).

En buste. Elle est vêtue d'une robe noire décolletée. Miniature ovale.

Haut., 71 millim.; larg., 55 millim.

Cadre-médaillon en or.

ÉCOLE FRANÇAISE

Époque Restauration.

96 — *Portrait de femme*.

Buste. Robe blanche décolletée, et coiffure de dentelle ornée de fleurs.
Miniature ovale.

Haut., 45 millim.; larg., 33 millim.

Encadrement en or, à ruban et guirlandes de fleurs.
Elle est montée sur une boîte rectangulaire, à pans coupés, en aventurine, à monture d'or.

Long., 95 millim.; larg., 44 millim.

EISEN (D'après Ch.)

97 — *L'Hiver*, allégorie (xviiie siècle).

Petite miniature ovale, peinte en émail.

Haut., 32 millim.; larg., 27 millim.

FAURE (Élisa)

Commencement du xixe siècle.

98 — *Portrait de l'impératrice Joséphine.*

En buste.
Miniature ovale, peinte en émail, signée, dans un cadre en or, pavé de petits brillants et surmonté de la couronne impériale.

Haut., 55 millim.; larg., 37 millim.

Elle est montée sur une boîte rectangulaire, à angles coupés, en labrador, montée et doublée en or. Au revers du couvercle, on lit gravée l'inscription : *L'Impératrice Joséphine à Madame de Remusat, Dame du Palais.*

Long., 90 millim.; larg., 48 millim.

FLEURY

Fin du xviiie siècle.

99 — *Portrait d'homme.*

En buste. Habit bleu Directoire, à col rouge et cravate blanche.
Miniature ovale, signée en bas, à droite.

Haut., 54 millim.; larg., 43 millim.

(Reproduite dans l'ouvrage de Henri Bouchot.)

FONTALLARD (Jean-François Gérard, dit)

Élève d'Augustin, né à Mézières, mort en 1857.

100 — *Portrait de femme.*

> « Avec sa figure lourde, hommasse, ses cheveux ember-
> lificotés de diadèmes, tendus comme des cordes à violon,
> avec ses bijoux, ses satins de boulangère parvenue,
> présage des Ingres de notre époque. Malice, ironie
> d'abord, conscience ensuite et philosophie, tout s'est
> donné rendez-vous dans ce petit morceau de très grande
> façon. » (BOUCHOT, p. 185.).
>
> Miniature ovale, signée à gauche et datée : *1814.*

Haut., 74 millim.; larg., 51 millim.

(Expositions d'œuvres d'art du xviiie siècle, à la Bibliothèque nationale, en 1906, nº 163.)

(Citée, décrite et reproduite dans l'ouvrage de Henri
Bouchot.)

FONTALLARD (Jean-François Gérard, dit)

101 — *Portrait du fils de l'artiste, Henri Fontallard,
       peintre et caricaturiste, à l'âge de 15 ans,*

Représenté en buste, tenant une flûte.
Importante miniature ovale, signée à gauche.

Haut., 125 millim.; larg., 95 millim.

Cadre en bronze doré.

(Salon de 1812, médaille d'or de 1re classe.)

(Citée et reproduite dans l'ouvrage de Henri Bouchot,
p. 184.)

FORBIN (L.-N.-A., comte de)

1779-1841.

Gentilhomme de la Maison de la princesse Borghèse.

102 — *La Surprise.*

Petite miniature rectangulaire à la gouache.

Haut., 23 millim.; larg., 30 millim.

Cadre-broche en or ciselé orné de demi-perles.

GAULT DE SAINT-GERMAIN (J.-V.-J.)

1754-1842.

103 — *Allégorie : la Civilisation conduit au progrès et à la paix le Génie de l'Humanité.*

Miniature ovale peinte sur corne, en imitation de camée.

Haut., 42 millim.; larg., 34 millim.

Elle est montée sur une boîte ronde en écaille brune, cerclée d'or, d'époque Louis XVI.

Diam., 63 millim.

(Reproduite dans l'ouvrage de Henri Bouchot.)

GUÉRIN (C.) ?

Fin du xviii° siècle.

104 — *Portrait d'homme.*

En buste. Habit bleu à grand revers, gilet jaune à rayures et cravate blanche.

Miniature ovale, signature incomplète à droite.

Haut., 75 millim.; larg., 60 millim.

GUÉRIN (Jean)

105 — *Portrait d'un militaire, en costume civil* (vers 1798).

En buste. Habit bleu à revers, gilet blanc et cravate de foulard.

Miniature ronde, non signée.

Diam., 71 millim.

Cadre-médaillon en or.

(Exposition d'œuvres d'art du xviiie siècle, à la Bibliothèque nationale, en 1906, n° 182.)

GUÉRIN (Jean)

106 — *Portrait de femme* (vers 1800).

En buste. Robe marron avec écharpe blanche; fond de paysage.

Miniature ronde, non signée.

Diam., 68 millim.

Cadre en or.

GUÉRIN (Jean)

107 — *Portrait d'homme* (vers 1835).

En buste. Habit à revers orné des croix de la Légion d'honneur et de l'ordre de Léopold de Belgique.

Miniature rectangulaire, signée à gauche.

Haut., 88 millim.; larg., 70 millim.

Cadre du temps en bronze ciselé et doré.

HALL (Pierre-Adolphe)

Stockholm, 1736; † Liége, 1793.

108 — *Portrait du baron de Bernicourt* (1791).

En buste. Habit bleu clair à grand revers, cravate de mousseline.
Miniature ovale, signée à gauche.

Haut., 60 millim.; larg., 48 millim.

(Exposition d'œuvres d'art du xviiie siècle, à la Bibliothèque nationale, en 1906, n° 190.)

(Citée et reproduite dans l'ouvrage de Henri Bouchot.)

HALL (Pierre-Adolphe)

109 — *Portrait du comte de Beaumont,* diplomate chargé d'une mission à Rome par Louis XV.

Miniature ovale, signée et datée : *1776*, à gauche.

Haut., 57 millim.; larg., 46 millim.

Cadre ancien Louis XVI, en or de couleur ciselé.

HALL (Pierre-Adolphe)

110 — *Portrait d'un Fermier général* (vers 1775).

En buste. Habit lilas brodé d'or et jabot de dentelle.
Miniature ovale, signée à gauche.

Haut., 34 millim.; larg., 28 millim.

Cadre en argent partiellement doré.

(Exposition d'œuvres d'art du xviiie siècle, à la Bibliothèque nationale, en 1906, n° 216.)

(Citée et reproduite dans l'ouvrage de Henri Bouchot.)

HALL (Pierre-Adolphe)

111 — *Portrait de M. le comte Pierre de Corneillan,*
gendarme du roi, gentilhomme ordinaire de M. le comte
d'Artois (vers 1785).

Miniature ovale, signée à gauche.

Haut., 44 millim.; larg., 36 millim.

Cadre-médaillon Louis XVI.

(Exposition d'œuvres d'art du xviiiᵉ siècle, à la Bibliothèque nationale, en 1906, nº 194.)
(Citée et reproduite dans l'ouvrage de Henri Bouchot.)
(Voir le journal *le Temps* du 21 mai 1906.)

HALL (Pierre-Adolphe)

112 — *Portrait de la comtesse de R...*

Buste. Corsage et voile de gaze ; coiffure haute.
Miniature ovale.

Haut., 35 millim.; larg., 29 millim.

Elle est montée sur une boîte ronde en écaille brune
cerclée d'or, d'époque Louis XVI.

Diam., 60 millim.

(Reproduite dans l'ouvrage de Henri Bouchot qui,
bien que non signée, l'attribue sans réserve au maître.)

HAMM

Commencement du xixᵉ siècle.

113 — *Portrait de Don J.-M. de Carvajal, duc de San*
Carlos, grand d'Espagne de 1ʳᵉ classe.

En buste. Vêtu d'un habit foncé.

Miniature ronde peinte en émail, signée et datée : *1809,*
à droite.

Diam., 52 millim.

Vente Schewitch (1906), nº 98.

HEIGEL (Joseph)
Commencement du xixᵉ siècle.

114 — *Portrait de jeune femme* (vers 1825).

En buste. Vêtue d'une robe blanche avec ceinture bleue, parée d'une chaîne-sautoir d'or.

Miniature ovale, signée à gauche.

Haut., 97 millim.; larg., 77 millim.

HERVIER
École française, commencement du xixᵉ siècle.
Élève de David et Aubry.

115 — *Napoléon*, allégorie.

Au milieu de nuées que percent les rayons du soleil, la tête de l'empereur mort repose sur un coussin brodé d'abeilles.

Miniature ronde, signée en bas, vers la droite.

Diam., 80 millim.

Cadre ancien Empire en bronze finement ciselé et doré, surmonté de l'aigle impérial.

HOIN (Attribué à Claude-Jean-Baptiste)
Dijon, 1750-1817.

116 — *Portrait d'homme* (vers 1785).

En buste. Habit de velours bleu, gilet blanc brodé et jabot de dentelle.

Miniature ovale.

Haut., 55 millim.; larg., 45 millim.

Elle est montée sur une boîte en écaille brune, cerclée d'or, du temps de Louis XVI.

Diam., 80 millim.

HURTER (J.-H.)
xviiie siècle.

117 — *Portrait de Frédéric (II), Roy de Prusse,* peint *après original qui appartient au Prince d'Holstein, par J.-H. Hurter, 1768.*

Miniature ovale peinte en émail, portant au revers l'inscription ci-dessus.

Cadre-médaillon en cuivre ornementé et doré.

Haut., 42 millim.; larg., 54 millim.

INCONNU
xviiie siècle.

118 — *Portrait de femme âgée.*

Buste. En riche toilette et haute coiffure parée de gaze enrubannée.

Miniature ronde portant une signature illisible et la date : *1788,* en bas, à droite.

Diam., 63 millim.

Elle est montée à réverbère sur une boite ronde en écaille brune cerclée d'or, du temps de Louis XVI.

Diam., 79 millim.

ISABEY (Jean-Baptiste)
Nancy, 1767; † Paris, 1855.

119 — *Portrait présumé de la duchesse de Kent.*

Fille du duc de Saxe-Cobourg, épousa le duc de Kent, 4e fils de George III ; de ce mariage naquit Victoria, reine d'Angleterre, mère de S. M. Édouard VII.

Miniature ovale, signée à droite.

Haut., 55 millim.; larg., 44 millim.

Cadre-médaillon en vermeil et émail bleu.

ISABEY (Jean-Baptiste)

120 — *Portrait de jeune garçon.*

En buste. Habit bleu et large col de linon.
Miniature ovale, signée à droite.

Haut., 39 millim.; larg., 28 millim.

(Reproduite dans l'ouvrage de Henri Bouchot.)

ISABEY (Jean-Baptiste)

121 — *Portrait de fillette.*

En buste. Corsage rose décolleté garni de dentelle.
Miniature ovale, signée à droite.

Haut., 39 millim.; larg., 28 millim.

Peut faire pendant à la précédente.
(Reproduite dans l'ouvrage de Henri Bouchot.)

ISABEY (Jean-Baptiste)

122 — *Portrait de l'empereur Napoléon Ier.*

En buste. Uniforme de général et grand cordon de la
Légion d'honneur.
Miniature ovale, signée d'une initiale et datée : *1815.*

Haut., 52 millim.; larg., 35 millim.

Elle est montée sur une boîte rectangulaire à angles
arrondis, en or ciselé, à rinceaux partiellement émaillés.
ornée de quatre N, pavées de petites roses aux angles.
Au revers du couvercle, on lit l'inscription : *Donné par
l'Empereur au Maréchal Davout, Duc d'Auerstaedt,
Prince d'Eckmühl.*

Long., 93 millim.; larg., 65 millim.

ISABEY (D'après Jean-Baptiste)

123 — *Portrait du roi Louis XVIII.*

En buste.
Miniature ovale.

Haut., 42 millim.; larg., 29 millim.

Elle est montée sur une boîte rectangulaire, en or gravé, à rinceaux et fond d'émail blanc. Au revers du couvercle, on lit, gravée, l'inscription : *Donné par le Roi au Comte de Belle-Isle, Gouverneur des Pages.*

Long., 78 millim.; larg., 50 millim.

JACQUES (Nicolas)

Jarville. 1780; † Paris. 1844. — Élève d'Isabey et David.
Peintre de la cour de Napoléon et de la famille d'Orléans.

124 — *Portrait de jeune femme* (vers 1805).

En buste. La tête est enveloppée d'un voile de mousseline retombant sur les épaules.
Petite miniature ovale, signée à droite.

Haut., 36 millim.; larg., 29 millim.

(Exposition d'œuvres d'art du xviiie siècle, à la Bibliothèque nationale, en 1906, n° 313.)
(Reproduite dans l'ouvrage de Henri Bouchot.)

LABARCHÈDE (Dalila)

Commencement du xixe siècle. — Élève de Soiron.

125 — *Portrait du cardinal de Mazarin.*

Au revers, on peut lire l'inscription : *Cardinal de Mazarin, 3e peinture de Dalila Labarchède, élève de Mr Soiron. Paris, 1811.*
Miniature ovale, peinte en émail.

Haut., 40 millim.; larg., 33 millim.

Vente Schewitch (1906), n° 99.

LATOUR (D'après M.-Q. de)

xviiiᵉ siècle.

126 — *Portrait de Dupeuch,* maître de dessin du pastelliste de Saint-Quentin.

Miniature rectangulaire.

Haut., 53 millim.; larg., 43 millim.

LEFÈVRE

xviiiᵉ siècle.

127 — *Portrait d'un prélat* (vers 1770).

Vu à mi-corps, en costume d'apparat, auprès d'une console dorée.

Importante miniature rectangulaire.

Haut.. 97 millim.; larg., 75 millim.

Cadre en bronze doré.

LEMOINE
(Attribué à Jacques-Antoine-Marie)

Rouen, 1752; † Paris, 1824.

128 — *Portrait de femme* (vers 1780).

En buste. Robe bleue décolletée, fichu de gaze sur les épaules, bonnet blanc avec ruban mauve dans la chevelure.

Miniature ovale.

Haut., 60 millim.; larg., 45 millim.

LÉVÊQUE

Fin du xviiie siècle. — Biographie inconnue.

129 — *Portrait d'homme.*

Représenté en buste, dans l'intérieur d'une bibliothèque.

Miniature ronde, peinte en émail, signée à droite.

Diam., 80 millim.

Cadre en cuivre doré.

Vente Schewitch (mai 1906).

LUSSE (De)

Fin du xviiie siècle. — Biographie inconnue.

130 — *Portrait d'homme* (vers 1785).

En buste. Il est vêtu d'un habit marron, gilet blanc brodé et cravate de dentelle; la main droite est passée dans le gilet ouvert.

Miniature ronde, signée en bas, à droite.

Diam., 65 millim.

Elle est montée sur une boîte ronde en écaille brune, cerclée de métal doré, d'époque Louis XVI.

Diam., 78 millim.

(Citée et reproduite dans l'ouvrage de Henri Bouchot.)

MORELLI

Commencement du xixe siècle.

131 — *Portrait du tsar Nicolas Ier.*

Miniature ovale, signée à droite.

Haut., 44 millim.; larg., 30 millim.

Elle est montée sur une boîte rectangulaire à pans coupés, en or ciselé et gravé: bordures à rinceaux. Au revers du couvercle, on lit, gravée, l'inscription suivante : *Présent du Tsar Nicolas Ier à l'occasion de son couronnement, le 3 septembre 1826.*

Long., 89 millim.; larg., 52 millim.

NOEL (Alex.)

xviiie siècle. — Biographie inconnue.

132 — *Portrait d'homme âgé* (époque Louis XVI).

En buste. Habit brun, gilet rayé rouge et blanc.
Miniature ronde, signée.

Diam., 54 millim.

Elle est montée sur une boîte ronde en écaille brune
cerclée d'or, du temps de Louis XVI.

Diam., 65 millim.

ŒDING (Ph.)

Alsace, xviiie siècle.

133 — *Portrait d'homme* (époque Louis XV).

Buste. Habit brodé d'or et manteau.
Au revers : inscription allemande en lettres d'or sur
émail donnant le nom du personnage, la signature et la
date : *1739*.
Miniature ovale peinte en émail.

Haut., 42 millim.; larg., 34 millim.

Elle est montée sur une boîte ronde en vernis rose
cerclée d'or, du temps Louis XVI.

Diam., 71 millim.

PALIARD

xviiie siècle. — Biographie inconnue.

134 — *Portrait d'homme.*

En buste. Habit gris bleu et cravate à rayures.
Miniature ronde, signée en bas, à droite.

Diam., 70 millim.

(Reproduite dans l'ouvrage de Henri Bouchot.)

PASQUIER

Commencement du xixe siècle.

135 — *Portrait de femme* (vers 1830).

> En buste. Corsage et coiffure de dentelle.
> Petite miniature ovale, signée à droite.

> Haut., 35 millim.; larg., 29 millim.

> Au revers : corbeille de fleurs peinte sur nacre.

PERIN (Louis-Lié)

Reims, 1753-1817.

136 — *Portrait d'une dame* (vers 1790).

> Assise dans un parc auprès d'un buisson de roses.
> Miniature ronde, signée en bas, à droite.

> Diam., 70 millim.

> Elle est montée sur une grande boîte ronde en écaille brune cerclée d'or, du temps de Louis XVI.

> Diam., 105 millim.

> (Exposition d'œuvres d'art du xviiie siècle, à la Bibliothèque nationale, en 1906, n° 382.)
> (Citée et reproduite dans l'ouvrage de Henri Bouchot, p. 110.)

PERIN (Louis-Lié)

137 — *Portrait d'homme* (vers 1795).

> Buste. Habit foncé et gilet à revers jaune.
> Miniature ronde, signée à gauche.
> Diam., 70 millim.

> Elle est montée sur une boîte ronde décorée au vernis, fond vert clair et ornements de burgau. Époque Louis XVI.
> Diam., 79 millim.

> (Exposition d'œuvres d'art du xviiie siècle, à la Bibliothèque nationale, en 1906, n° 391.)

PERIN (Louis-Lié)

138 — *Portrait d'homme* (vers 1800).

Miniature ronde, signée à gauche.

Diam., 58 millim.

Elle est montée sur une boîte ronde en écaille galonnée d'or. Époque Louis XVI.

Diam., 65 millim.

(Exposition d'œuvres d'art du xviiie siècle, à la Bibliothèque nationale, en 1906, n° 394.)

PETITOT (Jean)
1607-1691.

139 — *Portrait du cardinal de Mazarin.*

Petite miniature ovale, peinte en émail.

Haut., 24 millim.; larg., 22 millim.

Elle est dans un encadrement d'or à réverbère, avec filet
d'émail bleu, sur une boîte ronde en écaille brune
garnie d'or.

Vente Lemmé (1906).

PHILIPPE DE CHAMPAGNE (D'après)

140 — *Portrait du cardinal de Richelieu.*

Miniature rectangulaire peinte en émail.

Haut., 35 millim ; larg., 25 millim.

Elle est montée sur une boîte plate rectangulaire à
angles coupés en agate avec monture d'argent doré.

Long., 78 millim., larg., 58 millim.

PINET

École française, fin du xviiie et début du xixe siècle.

Biographie inconnue.

141 — *Portrait de femme.*

En buste. Elle est vêtue d'un corsage rouge, et tient dans ses mains un chapeau à plumes ; chevelure poudrée, à la mode du Directoire.

Miniature ronde, signée et datée : *1802*, en bas, à droite.

Diam., 78 millim.

(Exposition d'œuvres d'art du xviiie siècle, à la Bibliothèque nationale, en 1906, n° 395.)

(Reproduite dans l'ouvrage de Henri Bouchot.)

PLOTT (John)

Angleterre, 1732-1803.

142 — *Portrait d'homme* (vers 1790).

En buste. Il est vêtu d'un habit marron, à collet bleu avec cravate, et coiffé d'un haut chapeau de feutre, à large bord, garni d'un ruban à boucle.

Miniature ronde, signée à droite.

Diam., 72 millim.

Cadre ancien, en bronze doré.

PLYMER (Andrew), R. A.

Wellington, 1765 ; † Brighton, 1837.

143 — *Portrait d'un officier de l'armée anglaise* (vers 1795).

En uniforme bleu, à collet rouge et épaulettes d'or.

Miniature ovale.

Haut., 60 millim.; larg., 46 millim.

Cadre-médaillon en or.

(Exposition d'œuvres d'art à la Bibliothèque nationale, en 1906, n° 396.)

RIGAUD (D'après H.)

144 — *Portrait de Louis XIV.*

Miniature ovale, peinte au vernis.

Haut., 38 millim.; larg., 34 millim.

Elle est montée sur une boîte ronde, décorée au vernis, à rayures. xviiie siècle.

Diam., 62 millim.

Vente Guilhou, n° 32.

SAINT (Daniel)

Saint-Lô, 1778 ; Paris, 1847.

145 — *Portrait présumé du duc de Reichstadt (Napoléon II).*

En buste. Assis, les bras croisés, tenant un livre à la main ; chevelure blonde, frisée.
Miniature rectangulaire.

Haut., 86 millim.; larg., 70 millim.

Cadre en bois de citronnier, et bordure cuivre doré.

SAINT et JACQUES

146 — *Portrait de femme,* par SAINT.

Portrait de jeune garçon, par JACQUES.

Deux miniatures ovales, signées.

Haut., 40 millim.; larg., 32 millim.

La première, dans un entourage de demi-perles.
Elles ornent le dessus et le dessous du couvercle d'une ancienne boîte à musique à deux ouvertures, en or ciselé, à quadrillé et bordures à fleurettes émaillées. Commencement du xixe siècle.

Long., 80 millim.; larg., 53 millim.

SIEURAC (François-Joseph-Juste)

1781-1832.

147 — *Portrait de Mme la duchesse de Berry.*

En buste. Corsage noir décolleté.
Miniature ovale.

Haut., 58 millim.; larg., 40 millim.

Elle est montée sur une boîte rectangulaire, en or
ciselé, à quadrillés et rinceaux. Sur la gorge, on lit :
*Marguerite fils, joaillier de S. A. R., rue Saint-Honoré,
n° 77;* et, au revers du couvercle, l'inscription : *Donné
par LL. AA. RR. Monsieur et Madame la Duchesse de
Berry et Mgr le Duc de Bordeaux, à Mr Nicolas Victor
Lainé, grenadier au 4me bataillon, 9e légion de la Garde
Nationale, comme souvenir de la matinée du 29 Septembre 1820* (Naissance de Mgr le Duc de Bordeaux). Écrin
en maroquin rouge, aux armes du duc de Berry.

Long., 90 millim.; larg., 60 millim.

Consulter *le Moniteur*, du 30 septembre 1820.

(Citée et reproduite dans l'ouvrage de Henri Bouchot,
p. 219.)

Vente Guilhou, n° 166.

SINGRY (Jean-Baptiste)

Paris, 1782-1824.

148 — *Portrait de Dupaty, directeur de l'Opéra.*

En buste. Habit gros bleu, et gilet jaune à rayures.
Miniature ovale, signée et datée : *1814.*

Haut., 54 millim.; larg., 43 millim.

(Reproduite dans l'ouvrage de Henri Bouchot.)

TERROUX (Mlle E.)

Genève, xviiie siècle.

149 — *Portrait de femme* (vers 1780).

Vue à mi-corps, assise dans un jardin, en costume décolleté, tenant une lettre sur laquelle on lit : « *Pour Julie* ».

Miniature ronde, peinte en émail, signée à droite.

Diam., 73 millim.

Elle est montée sur une grande boîte ronde, en écaille brune cerclée d'or, d'époque Louis XVI.

Diam., 105 millim.

Vente de Thuisy.

Vente Guilhou.

THIBOUST (Jean-Pierre)

Paris, 1763-(?).

150 — *Portrait de Maximilien Ier, roi de Bavière.*

En buste.

Miniature ovale, signée à droite.

Haut., 52 millim. ; larg., 32 millim.

Elle est montée sur une boîte rectangulaire, à petits pans coupés, en or ciselé et gravé, avec quatre brillants sur le couvercle. Au revers, inscription allemande signifiant : *Don de Maximilien Joseph, roi de Bavière. Munich, Janvier 1810.* Commencement du xixe siècle.

Long., 82 millim. ; larg., 58 millim.

(Citée et reproduite dans l'ouvrage de Henri Bouchot, p. 218.)

VAN LOO (D'après L.-M.)

xviiie siècle.

151 — *Portrait du roi Louis XV.*

Grande boîte rectangulaire à pans coupés, en or, formée
de plaques d'agate serties dans une monture d'or découpé
à compartiments géométriques ; petites bordures à rais-
de-cœur. Sur le couvercle, miniature ovale : Portrait du
roi Louis XV, en costume de cour, d'après Van Loo.
Époque Louis XV.

Long., 92 millim.; larg., 64 millim.

VESTIER (Antoine) •

Avallon, 1740 ; † Paris, 1824.

152 — *Portrait du comte de Saissac-Lalande* (vers
1780).

En buste. Habit bleu rayé, col et cravate blanche.
Miniature ronde, signée en bas, à droite.

Diam., 57 millim.

Cadre en or ; au revers, initiales enlacées et découpées
en or.

VILLERS (L.)

Miniaturiste dont les œuvres sont rares ;
florissait entre 1787 et 1804.

153 — *Portrait d'un officier de dragons.*

En buste. Uniforme bleu clair à parement jaune.
Miniature ronde.

Diam., 60 millim.

Cadre en bronze doré avec nœud de ruban.

(Reproduite dans l'ouvrage de Henri Bouchot.)

VILLERS (L.)

154 — *Portrait de la chevalière d'Harleville (?)* [*Eon de Beaumont*].

En buste. Habit bleu à broderies et chemisette de linon.

Miniature ovale, signée et datée : *1787*, en bas, à gauche.

Haut., 43 millim.; larg., 34 millim.

Elle est montée sur une boîte ronde en écaille brune cerclée.

Diam., 76 millim.

(Citée et reproduite dans l'ouvrage de Henri Bouchot.)

WEYLER (Jean-Baptiste)

Strasbourg, 1747 ; † Paris, 1791.

155 — *Portrait du comte d'Angiviller,* conseiller du roi, directeur général des Arts.

Ce portrait représente le même personnage que l'émail possédé par le Louvre, qui servit à Weyler de morceau de réception à l'Académie.

Miniature ovale, peinte en émail.

Haut., 49 millim.; larg., 41 millim.

Elle est montée sur une boîte ronde en écaille brune cerclée d'or, d'époque Louis XVI.

Diam., 81 millim.

Vente Sommier (1905).

OBJETS DE VITRINE

ÉTUIS
SOUVENIRS D'AMITIÉ

156 — ÉTUI-SOUVENIR D'AMITIÉ à tablettes d'ivoire et crayon, formé de plaques d'ivoire dans une monture à cage en or. Il est orné, sur chacune de ses faces, d'un médaillon ovale en cornaline, cerclé d'or. Époque Louis XVI.

Haut., 60 millim.

157 — ÉTUI-SOUVENIR D'AMITIÉ à tablettes d'ivoire et crayon, en ivoire et monté en or. Il est orné, sur ses faces, de deux médaillons, initiales en or et miniature ovale : *Portrait de femme,* en buste. Époque Louis XVI.

Haut., 94 millim.

158 — ÉTUI-SOUVENIR D'AMITIÉ en ivoire et monté en or. Il est orné, sur ses faces, de deux médaillons, initiales en or et petite miniature ovale : *Pastorale,* d'après J.-B. HUET. Époque Louis XVI.

Haut., 90 millim.

159 — ÉTUI-SOUVENIR D'AMITIÉ à tablettes d'ivoire et crayon, en ivoire monté en or. Il est orné, sur ses faces, de deux médaillons, initiales en or et miniature ovale : *Portrait d'homme.* Époque Louis XVI.

Haut., 91 millim.

160 — Étui-souvenir d'amitié à tablettes d'ivoire et crayon, en
écaille blonde posée or : petites étoiles et disques ; monture
en or. Il est orné, sur ses faces, de deux médaillons, initiales
d'or et miniature ovale peinte en émail : *Portrait d'homme,*
par Pasquier, signée au revers. Époque Louis XVI.

Haut., 95 millim.

(Cité et reproduit dans l'ouvrage de Henri Bouchot.)

161 — Étui-souvenir d'amitié en ivoire à monture d'or. Il est
orné, sur ses faces, de deux médaillons, initiales d'or et
miniature : *Portrait d'homme,* dans la manière d'Isabey.
Époque Louis XVI.

Haut., 88 millim.

162 — Étui-souvenir d'amitié à tablettes d'ivoire et crayon, en
vernis rouge uni et monture d'or. Il est orné, sur ses faces,
de deux médaillons, initiales d'or et miniature ovale : *Portrait
d'homme,* en habit gris à revers, signée vers la gauche (signature incomplète). Époque Louis XVI.

Haut., 83 millim.

163 — Étui-souvenir d'amitié à tablettes d'ivoire et crayon, en
écaille brune à monture d'or. Il est orné, sur ses faces, de
deux médaillons, initiales d'or et miniature ovale : *Portrait
de Mgr de Noyon,* par Mosnier, signée à droite. Époque
Louis XVI.

Haut., 98 millim.

164 — Étui-nécessaire en ivoire teint et monté en argent doré :
sur ses deux faces, médaillon avec petit vase sur fond de
nacre, avec inscription : *Souvenir d'amitié.* Il est muni de ses
ustensiles. Époque Louis XVI.

Haut., 96 millim.

165 — Étui-souvenir d'amitié à tablettes d'ivoire, en écaille brune
posée or : étoiles et pois ; monture d'or. Il est orné, sur ses
faces, de deux médaillons, initiales en or et miniature ovale
peinte en émail : *Portrait d'homme,* en habit gris. Époque
Louis XVI.

Haut., 96 millim.

166 — ÉTUI-SOUVENIR D'AMITIÉ à tablettes d'ivoire et crayon, en poudre d'écaille bleue ; monture d'argent doré. Il est orné, sur ses faces, de deux médaillons, chiffres entrelacés et miniature ovale : *Portrait d'homme,* en habit rouge, signée : DE BRÉA. Époque Louis XVI.

Haut., 99 millim.

167 — ÉTUI-SOUVENIR D'AMITIÉ à tablettes d'ivoire et crayon, en écaille brune lamée d'or et d'argent ; monture d'or. Il est orné, sur ses faces, de deux médaillons, initiales d'or et miniature ovale : *Portrait de femme.* Époque Louis XVI.

Haut., 97 millim.

168 — ÉTUI-SOUVENIR D'AMITIÉ à tablette d'ivoire et crayon, décoré au vernis de rayures et entre-deux de fleurettes ; montures d'or. Il est orné, sur ses faces, de deux médaillons à cadres ornés, l'un d'initiales d'or, l'autre d'une miniature ovale : *Portrait de femme.* Époque Louis XVI.

Haut., 102 millim.

169 — ÉTUI-SOUVENIR D'AMITIÉ à tablettes d'ivoire et crayon, décoré au vernis de rayures polychromes et entre-deux de fleurs ; monture d'or. Il est orné, sur ses faces, de deux médaillons, l'un d'initiales d'or, l'autre d'une miniature ovale : *Portrait d'homme,* en habit bleu. Époque Louis XVI.

Haut., 95 millim.

170 — ÉTUI-SOUVENIR D'AMITIÉ à tablettes d'ivoire et crayon, en vernis bleu uni, à monture d'or. Il est orné, sur ses faces, de deux médaillons, l'un d'initiales d'or, l'autre d'une miniature ovale : *Portrait de femme* décolletée. Époque Louis XVI.

Haut., 91 millim.

171 — ÉTUI-SOUVENIR D'AMITIÉ à tablettes d'ivoire et crayon, en vernis incrusté d'étoiles d'or et monté en or. Il est orné, sur ses faces, de deux médaillons, l'un d'initiales d'or, l'autre d'une miniature ovale : *Portrait d'homme.* Époque Louis XVI.

Haut., 85 millim.

172 — Étui-souvenir d'amitié à tablettes d'ivoire et crayon, en galuchat, à monture d'or gravé. Il est orné, sur ses faces, de deux médaillons, l'un d'initiales d'or, l'autre d'une miniature ovale : *Portrait d'un jeune homme*, en habit bleu à collet rouge, avec jabot de dentelle. Époque Louis XVI.

Haut., 77 millim.

173 — Étui-souvenir d'amitié, avec l'inscription habituelle remplacée par le mot anglais : *Keepsake,* en vernis rose et monture d'or ciselé, à cordons de roses. Il est orné, sur ses faces, de deux médaillons, initiales en or et miniature ovale : *Portrait de jeune femme*. Époque Louis XVI.

Haut., 95 millim.

ÉTUIS-NÉCESSAIRES

DÉCORÉS AU VERNIS

174 — Étui a aiguilles cylindrique, décoré au vernis d'un sujet pastoral en grisaille. xviiie siècle.

Haut., 10 cent.

175 — Étui a aiguilles cylindrique, incrusté d'argent et décoré au vernis de sujets galants, d'après Boucher. xviiie siècle.

Haut., 125 millim.

176 — Étui cylindrique à flacon et aiguilles, décoré au vernis de sujets allégoriques : Amour et Bacchante, sur fond à millerais. xviiie siècle.

Haut., 14 cent. 1/2.

177 — Étui cylindrique à aiguilles et flacon, décoré au vernis : enfants. xviiie siècle.

Haut., 14 cent. 1/2.

178 — Étui cylindrique à flacon et à aiguilles, décoré au vernis : personnages orientaux, paysage sur fond or. xviiie siècle.

Haut., 14 cent. 1/2.

179 — Étui à flacon et à aiguilles, décoré au vernis de sujets chinois dans le goût de Pillement, sur fond gris. Époque Louis XV.

Haut., 15 cent.

180 — Étui a aiguilles cylindrique, décoré au vernis : sujets Teniers ; garniture de cercles en or. xviiie siècle.

Haut., 14 cent.

181 — Étui a flacon cylindrique, décoré au vernis de chien et oiseau sur fond de paysage ; il est garni d'or et muni d'un flacon. xviiie siècle.

Haut., 10 cent.

182 — Étui a aiguilles cylindrique, décoré au vernis sur fond rose, d'un sujet en grisaille : enfants. xviiie siècle.

Haut., 115 millim.

183 — Petit étui cylindrique, vernis noir uni et garniture d'or, bagues et cordelettes. Époque Louis XVI.

Haut., 105 millim.

184 — Étui a aiguilles cerclé d'or, de forme cylindrique, décoré au vernis, sur fond vert, d'animaux : coqs et poules. Époque Louis XVI.

Long., 15 cent.

185 — Étui a aiguilles, de forme cylindrique, décoré au vernis de sujets enfantins, en couleur. Époque Louis XVI.

Haut., 15 cent.

186 — Étui a aiguilles, de forme cylindrique, cercié d'or guilloché et décoré au vernis de rayures verticales polychrome et or. Époque Louis XVI.

Haut., 13 cent. 1/2.

187 — Étui a aiguilles, de forme cylindrique, cerclé d'or et décoré au vernis, sur fond gorge de pigeon quadrillé, d'animaux en couleur. Époque Louis XVI.

Haut., 13 cent. 1/2.

188 — ÉTUI A AIGUILLES, de forme cylindrique, cerclé d'or et décoré en plein au vernis de sujets d'enfants, dans le goût de J.-B. HUET. Époque Louis XVI.

Haut., 13 cent. 1/2.

189 — ÉTUI A AIGUILLES cylindrique, décoré au vernis à rayures horizontales. XVIIIe siècle.

Haut., 125 millim.

190 — ÉTUI A AIGUILLES cylindrique, décoré au vernis : enfants dans des paysages. XVIIIe siècle.

Haut., 13 cent.

191 — PETIT ÉTUI A AIGUILLES cylindrique, décoré au vernis sur fond mauve de petits pois en dorure ; garniture or. Époque Louis XVI.

Haut., 95 millim.

192 — ÉTUI A AIGUILLES cylindrique, décoré au vernis : enfants et fond de paysage ; garniture or. Fin de l'époque Louis XV.

Haut., 120 millim.

193 — ÉTUI A AIGUILLES cylindrique, décoré au vernis à millerai sur fond or ; garniture or. Époque Louis XVI.

Haut., 115 millim.

194 — ÉTUI A AIGUILLES cylindrique, décoré au vernis : enfants et fond de paysage. XVIIIe siècle.

Haut., 125 millim.

195 — ÉTUI A AIGUILLES cylindrique, décoré au vernis : enfants sur fond de paysage ; garniture or. Fin de l'époque Louis XV.

Haut., 13 cent.

196 — ÉTUI A AIGUILLES cylindrique, décoré au vernis : sujets d'enfants sur fond vieil or ; garniture or. Époque fin Louis XV.

Haut., 135 mil'im.

197 — Étui-encrier décoré au vernis : insectes et oiseaux. Il est garni d'ustensiles en argent. Époque Louis XV.

Haut., 5o millim.

Vente du baron Pichon.

Vente Guilhou, n° 2 r 3.

198 — Petite boite a mouches rectangulaire, décorée au vernis, avec sujet galant sur le couvercle; monture argent. Époque Louis XV.

Long., 5o millim.; larg., 42 millim.

199 — Navette décorée d'oiseaux au vernis; intérieur plaqué de paille. xviiie siècle.

Long., 15 cent.

200 — Carnet-souvenir dans une reliure décorée au vernis, simulant le marbre, garnie en cuivre doré de rinceaux et de caducées; le mot *Souvenir* est soutenu par deux figures de Victoires; le fermoir simulant un glaive antique. Époque Empire.

Haut., 9o millim.; larg., 6o millim.

Vente Léonide Leblanc, n° 23.

201 — Étui-nécessaire à parfums, décoré au vernis : oiseaux. Monture et ustensiles, flacons, entonnoir, etc., en argent. Époque Louis XV.

Haut., 7o millim.

202 — Nécessaire à parfums, décoré au vernis : chiens et oiseaux; il contient un entonnoir et deux flacons garnis d'argent. Époque Louis XV.

Haut., 65 millim.

Vente du baron Pichon.

Vente Guilhou, n° 2 r 5.

203 — Nécessaire à parfums, décoré au vernis : attributs et animaux, sur fond vert; renfermant un entonnoir et deux flacons garnis d'argent. Époque Louis XV.

Haut., 55 millim.

Vente du baron Pichon.

Vente Guilhou, n° 214.

BOITES
DÉCORÉES AU VERNIS

204 — Boite ronde, décorée au vernis : paysan, chien et gibier. Bordure à ornements dorés. Époque Louis XV.

Diam., 80 millim.

Vente Guilhou, n° 36.

205 — Boite ronde à deux couvercles en forme de tambour et décorée au vernis d'attributs militaires en couleur. xviiie siècle.

Diam., 60 millim.

206 — Boite, de forme hémisphérique simulant une timbale, décorée au vernis d'attributs militaires et ornements en dorure. xviiie siècle.

Diam., 67 millim.

207 — Boite ronde cerclée d'or, décorée au vernis; sur le dessus du couvercle, composition mythologique, d'après F. Boucher : *Vénus et l'Amour;* au pourtour, rayures sur fond vert. Intérieur en écaille. xviiie siècle.

Diam., 78 millim.

208 — Boite ronde cerclée d'or gravé, décorée au vernis; sur le dessus : trois amours sur des nuages.

Diam., 78 millim.

209 — Boite ronde cerclée d'or guilloché, décorée au vernis. Sur les deux faces se voient des trophées d'attributs de l'Amour. xviiie siècle.

Diam., 70 millim.

210 — Boite ronde cerclée d'or, décorée au vernis de sujets dans la manière de Téniers : scènes de cabaret. Fruits et légumes au pourtour. xviiie siècle.

Diam., 84 millim.

Vente Guilhou.

211 — Boite ronde cerclée d'or, décorée au vernis; sur le couvercle, paysage maritime avec très petits personnages. Époque Louis XVI.

Diam., 85 millim.

212 — Boite ronde cerclée d'or guilloché, décorée au vernis. Sur le couvercle, chien poursuivant des oiseaux : au-dessous, fleurettes. Époque Louis XVI.

Diam., 81 millim.

213 — Boite ronde cerclée d'or, décorée au vernis sur fond d'or; le couvercle offre un sujet galant dans le goût de Watteau. Intérieur d'écaille brune. Époque Louis XVI.

Diam., 77 millim.

214 — Boite ronde cerclée d'or, décorée au vernis sur ses deux faces, ainsi qu'au pourtour, d'amours sur fond d'or. Époque Louis XVI.

Diam., 63 millim.

215 — Boite ronde cerclée d'or, décorée au vernis; sur le dessus, groupe de trois amours enguirlandés de fleurs; au-dessous, corbeille fleurie. Époque Louis XVI.

Diam., 78 millim.

216 — Boite ronde cerclée d'or, décorée en plein au vernis; sur le dessus, sujet familial dans le goût de Schenau ; sur le dessous, intérieur de cellier. Époque Louis XVI.

Diam., 77 millim.

Vente Lelong.

217 — Boite ronde cerclée d'or et décorée au vernis; sur le dessus, enfants jouant au *Colin-Maillard ;* au pourtour et sur le dessous, paysages. Époque Louis XVI.

Diam., 8 cent.

218 — TRÈS GRANDE BOITE ronde décorée au vernis, à rayures, cerclée d'or. Époque Louis XVI.

Diam., 11 cent. 1/2.

219 — TRÈS GRANDE BOITE ronde décorée au vernis par petites rayures et galonnée d'argent doré. Époque Louis XVI.

Diam., 12 cent.

220 — BOITE ronde en vernis rouge uni, cerclée d'or; intérieur en écaille. Époque Louis XVI.

Diam., 78 millim.

221 — BOITE ronde en vernis rouge uni, cerclée d'or; intérieur en écaille. Époque Louis XVI.

Diam., 88 millim.

222 — BOITE ronde décorée au vernis et simulant l'écaille, incrustée d'or; cercles en or. Époque Louis XVI.

Diam., 71 millim.

223 — BOITE analogue à la précédente.

Diam., 71 millim.

224 — BOITE ronde cerclée d'or guilloché et décorée au vernis de lames bleu turquoise et vieil or; intérieur en écaille brune. Époque Louis XVI.

Diam., 77 millim.

225 — BOITE ronde cerclée d'or en vernis rose et incrustations de disques en métal et petites étoiles en nacre. Époque Louis XVI.

Diam., 85 millim.

226 — BOITE ronde galonnée d'or en vernis brun posé d'or. Époque Louis XVI.

Diam., 85 millim.

227 — BOITE ronde cerclée d'or, décorée au vernis; sur le dessus du couvercle, scène d'intérieur à quatre personnages. Fin du XVIIIe siècle.

Diam., 88 millim.

228 — Boite ronde décorée sur le dessus d'un sujet peint au vernis : *Vénus à sa toilette entourée des Grâces*, d'après Ang. Kauffmann. Commencement du xixᵉ siècle.

Dans sa boîte originale en cartonnage simulant le maroquin.

Diam., 93 millim.

BOITES, CACHETS
en porcelaine ou émail

PORCELAINES DE SAXE

229 — Très petit cachet-breloque en ancienne porcelaine tendre de Chelsea ou Mennecy, figurant un chien ; à la base, devise : *Je suis fidelle*. Cachet en cornaline gravée en intaille, représentant un cygne. xviiiᵉ siècle.

Haut., 24 millim.

230 — Très petit cachet-breloque en ancienne porcelaine tendre de Chelsea ou Mennecy, figurant un amour ; à la base, devise : *Mon pinceau fera l'office*. Cachet en cornaline gravée en intaille : colombe tenant un rameau et devise : *J'aime la liberté*. xviiiᵉ siècle.

Haut., 26 millim.

231 — Boite ronde, en ancien émail de Battersea, formée d'un chien King-Charles, couché sur un coussin ; le couvercle avec fleurs en relief et en couleurs. xviiiᵉ siècle.

Diam., 50 millim.

232 — Boite cylindrique, en ancien émail de Battersea, figurant un tambour, décorée d'attributs militaires en léger relief et en couleurs.

Diam., 40 millim.

233 — Petite boite, forme noix, en ancien émail de Saxe, décorée au naturel. xviiiᵉ siècle.

Long., 48 cent.

234 — Boite oblongue, à coins arrondis, en ancien émail de Saxe ;
décor de médaillons, d'oiseaux sur fond carrelé rose et reliefs
d'or. Monture argent. Époque Louis XV.

Long., 80 millim. ; larg., 42 millim.

235 — Boite rectangulaire, en ancien émail de Saxe, offrant, sur
chacune de ses six faces, des amours dans des paysages, sur
fond blanc. Époque Louis XV.

Long., 67 millim. ; larg., 51 millim.

236 — Petite boite rectangulaire, en ancien émail de Saxe,
décorée sur fond blanc de rocailles en relief et dorure, avec
médaillons de petits personnages en couleur, dans le goût
de Watteau. Monture en argent. Époque Louis XV.

Long., 63 millim. ; larg., 48 millim.

237 — Boite ronde, en ancienne porcelaine de Saxe, ouvrant à
charnière, ornée sur ses faces de deux chiffres *A. K.* en
myosotis et d'un bouquet de roses ; pourtour bleu lavande.
xviiie siècle.

Diam., 70 millim.

238 — Boite rectangulaire, en ancienne porcelaine de Saxe, à
pâte gaufrée, décorée sur le couvercle d'un sujet galant et sur
les autres faces de fleurettes. Intérieur doré et sujet curieux
au revers du couvercle. xviiie siècle.

Long., 95 millim. ; larg., 65 millim.

239 — Boite en ancienne porcelaine de Saxe, figurant une souris
blanche sur un coussin ; le couvercle offre sur ses deux faces
des compositions humoristiques : *Chat et souris.* Monture en
métal. xviiie siècle.

Long., 54 millim. ; larg., 42 millim.

240 — Boite analogue à la précédente et pouvant lui faire pendant.

Long., 54 millim. ; larg., 42 millim.

241 — **PERDRIX** en ancienne porcelaine de Saxe, décorée au naturel.

Haut., 16 cent. 1/2.

242 — **AUTRE PERDRIX** de même porcelaine, décorée au naturel et pouvant faire pendant à la précédente.

Haut., 15 cent.

OBJETS DE VITRINE

EN MATIÈRES DURES MONTÉES

243 — **FLACON** fait d'un chien debout, en agate gravée et monture d'or; le collier offre, sur fond d'émail, la devise : *Toujours fidèle*. Des pierres fines forment les yeux du chien.

Haut., 80 millim.

244 — **FLACON** en agate, enrichi d'une monture ajourée, en or repoussé, à sujets allégoriques, au centre de rinceaux et feuillages.

Haut.. 85 millim.

245 — **FLACON** formé d'une figurine de soldat debout, en agate taillée, gravée et incrustée de petites pierres; au col, devise, sur fond émaillé : *Je te garde*. Base en or.

Haut., 80 millim.

246 — **FLACON** à double ouverture, formé d'une perruche, sur socle, en matière dure taillée et gravée. Sur le collier émaillé se lit la devise : *L'Amitié vous l'offre*. Le socle est enrichi d'une monture ajourée, en or, à sujets d'attributs, rinceaux et petits amours, dans des arabesques.

Haut., 135 millim.

247 — **CACHET** fait d'un petit buste de satyre, en agate gravée, à monture d'or.

Haut., 48 millim.

248 — Cachet-breloque en agate gravée, buste à double face, nègre et négresse ; monture en or. Époque Louis XVI.

Haut., 45 millim.

249 — Cachet fait d'une statuette drapée à l'antique, en agate ; le cachet gravé en intaille : *Discobole*. Monture en argent doré. xviiie siècle.

Haut., 85 millim.

250 — Cachet fait d'un buste de négresse, en onyx, à monture d'or et d'argent. xviiie siècle.

Haut., 45 millim.

251 — Cachet fait d'un buste d'empereur romain, couronné de laurier, en pierre dure ; monture en or, pavé de petites roses ; cachet gravé en intaille : tête profil d'homme barbu. xviiie siècle.

Haut., 38 millim.

252 — Étui-nécessaire en prime d'améthyste, à monture d'or. Il est muni de différents petits ustensiles : canifs, ciseaux, porte-crayon, etc., en or. Époque Louis XV.

Long., 9 cent.

253 — Grand étui cylindrique, en jaspe tigré, monté en or, à arabesques et petits médaillons avec amours ou bustes ; il porte la devise : *J'adore la main qui me tient.*

Haut., 15 cent.

254 — Étui a aiguilles cylindrique, en jaspe sanguin ; monture ajourée en or, à arabesques, guirlandes de fleurs et amours musiciens. A la bague médiane, devise sur fond d'émail : *A toutes heures, bonheur.*

Haut., 13 cent. 1/2.

255 — Étui-flacon en agate gravée, à rocailles ; monture à charnière en argent doré. Époque Louis XV.

Haut., 90 millim.

Vente B. Kotschoubey, n° 188.

256 — Étui-nécessaire en jaspe, à monture d'or. Il renferme différents ustensiles : canif, porte-mine, petite cuiller, etc., en or. Époque Louis XV.

Long., 9 cent. 1 2.

257 — Étui à double ouverture, en forme de bras de femme, tenant dans sa main fermée une pomme, en agate sculptée et gravée; monture en or ciselé, à fleurs, ornée de petites roses. Chacun des doigts de la main est enrichi d'une bague en or, incrusté de pierres fines. Époque Louis XVI.

Haut., 115 millim.

258 — Étui en pierre dure rosée, figurant un bébé emmailloté ; monture en ors de couleur ciselés, à fleurs et ruban : bague à devise : *L'Amour vous le donne*. Poussoir fait d'une fleurette pavée de roses.

Haut., 12 cent. 1/2.

259 — Drageoir en agate : monture à charnière en métal doré. Époque Régence.

Long., 75 millim.; larg., 62 millim.

260 — Drageoir Louis XVI, formé d'un groupe en prime d'améthyste : bergère et chèvres ; monture en or, le couvercle orné d'un sujet pastoral en or repoussé et ajouré : des pierres fines sont serties dans les yeux de la bergère et des chèvres.

Diam., 50 millim.; haut., 70 millim.

261 — Petite boîte, de forme contournée, en cristal de roche taillé ; monture à charnière en or mouluré.

Long., 45 millim.; larg., 37 millim.

262 — Boîte rectangulaire en jaspe; monture à cage et à charnière en or de couleur ciselé à fleurettes. Époque Louis XVI.

Long., 63 millim.; larg., 47 millim.

263 — Boîte, forme tonnelet, faite de plaques d'agate rouge : monture à cage en or. Époque Louis XVI.

Haut., 50 millim.

Vente du duc de Cambridge (Londres 1892), n° 95.

264 — Boîte ovale en prime d'améthyste montée en or, moulure
et coquille au fermoir. Époque Louis XV.

Long., 65 millim.; larg., 55 millim.

265 — Boîte rectangulaire, à angles coupés, en agate et riche
monture en ors de couleur à guirlandes, têtes de bélier et
torsades. Sur le dessus du couvercle, médaillon ovale orné
d'une corbeille de fleurs incrustées de roses et rubis.

Long., 80 millim.; larg., 60 millim.

266 — Boîte oblongue, formée d'un sphinx à buste de femme
en agate et monture d'or ajouré et ciselé avec incrustations
de roses et pierres fines. Au pourtour, sur fond d'émail blanc,
la devise : *Femme éternel sphinx sait-on jamais quand l'amour
l'a touchée de sa flèche.*

Haut. et larg., 85 millim.

267 — Boîte ronde, ouvrant à charnière, en or ; elle est faite de
petites plaques d'agate rubanée et de cornaline serties dans
un réseau d'or et disposées en rosaces et treillis. Travail de
Neuber, à Dresde. xviii° siècle.

Diam., 75 millim.

268 — Boîte en prime d'améthyste à couvercle ovale, faite d'un
groupe : chienne et ses petits. Monture ajourée en or à petits
rinceaux fleuris et rocailles.

Long., 80 millim.; haut., 65 millim.

269 — Drageoir ouvrant à charnière, de forme contournée, formée
de plaques de marbre dur, dans une monture à cage, en or.
Époque Louis XV.

Long., 68 millim.; larg., 52 millim.

270 — Boîte en prime d'améthyste, faite d'un buste d'homme
grotesque, avec chapeau et vêtement, incrustée de pierres.
Monture à charnière en or mouluré.

Long., 90 millim.

271 — Boite, offrant la forme d'une berline sur quatre petits pieds, faite de plaques d'agate formant les panneaux et de cristaux de roche simulant les vitres. Monture ajourée en or : lambrequin et guirlandes fleuries ; sur le couvercle : Vénus et les Amours sur des nuages au milieu de rinceaux.

Haut., 63 millim.; long., 75 millim.

272 — Boite ovale en prime d'améthyste, simulant une corbeille à deux petites anses ; monture à charnière en or mouluré enrichie d'une améthyste et de pierres sur le fermoir.

Long., 62 millim.; larg., 40 millim.

273 — Boite rectangulaire, faite de cinq plaques de marcassite et monture à cage en or ciselé et bordures d'encadrement à perlé. Elle porte le poinçon de Clavel. Époque Louis XVI.

Long., 65 millim.; larg., 57 millim.

274 — Bonbonnière, forme coquille, en cristal de roche taillé ; monture à charnière en or avec bordure de laurier et points d'émaux de couleur.

Long., 55 millim.; larg., 50 millim.

275 — Tabatière à deux tabacs, forme corbeille, faite de plaques d'agate grise rubanée ; monture d'or gravé à moulures et feuillages. Fin de l'époque Louis XV.

Haut., 50 millim.

Vente Guilhou, n° 124.

276 — Dizaine de chapelet formant bracelet, faite de grains en cristal de roche montés en chaîne et soutenant un petit édicule-reliquaire en argent renfermant un petit groupe en buis finement sculpté représentant des scènes de la Passion. Ancien travail espagnol.

Long., 33 cent.

277 — Hochet, formant sifflet et agrémenté de petits grelots, en argent ; manche en cristal de roche. xviie siècle.

Haut., 17 cent.

278 — Petite coupe à piédouche, de forme oblongue, en cristal
de roche taillé à facettes. Monture en or très finement ciselé,
ornée de deux petites anses faites d'oiseaux : serin et perro-
quet, les ailes ouvertes.

Haut., 70 millim.; larg., 75 millim.

Vente de Camondo.

279 — Coupe de forme quadrilobée sur piédouche en cristal de
roche taillé. Monture en or ciselé et partiellement émaillé,
laurier et petits rubis cabochons.

Haut., 13 cent. 1/2.

ÉTUIS

EN OR ET OR ÉMAILLÉ

280 — Étui a cire plat en or ciselé, guilloché et émaillé rouge,
portant le poinçon de Prévost. Époque fin Louis XV.

Haut., 110 millim.

281 — Étui a cire en or gravé, à bande chevronnée en spirale.
Fin de l'époque Louis XV.

Haut., 105 millim.

Vente Guilhou, n° 39.

282 — Étui a cire en or gravé, à décor de stries et bagues à rinceaux. Il porte gravée l'inscription : *M. M. J. Hue.* Fin de
l'époque Louis XV.

Haut., 123 millim.

Vente Guilhou, n° 38.

283 — Étui a cire cylindrique en or, à rayures et canaux en spi-
rales, portant le poinçon de Prévost (1764-1765); cachet à
double armoirie et couronne de comte. Fin de l'époque
Louis XV.

Haut., 12 cent.

Vente du baron Pichon.

Vente Guilhou, n° 218.

284 — Étui plat en or ciselé et gravé, orné de quatre médaillons ovales, attributs sur fond blanc, bagues à pointes d'émail vert. Époque Louis XVI.

Haut., 105 millim.

285 — Étui a cire cylindrique en or uni avec bagues à feuillages de laurier. Époque Louis XVI.

Haut., 84 millim.

286 — Étui a cire cylindrique en or ciselé, gravé et émaillé bleu avec filet d'émail blanc. Cachet gravé d'armoiries. Époque Louis XVI.

Haut., 12 cent.

287 — Petit étui plat prismatique en or gravé et guilloché, du temps de Louis XVI. Il est émaillé sur ses faces, en rouge.

Haut., 92 millim.

288 — Étui a cire plat en or ciselé et gravé, décor de guirlandes de laurier et bagues simulant des perles. Époque Louis XVI.

Haut., 115 millim.

289 — Étui a cire cylindrique en or ciselé, bordures à cordelettes et médaillons ovales : attributs de l'Amour. Cachet gravé à initiales. Poinçon de Clavel. Époque Louis XVI.

Haut., 12 cent.

290 — Étui a cire cylindrique en or ciselé et gravé; bordures à petites feuilles et quatre médaillons ovales à rosaces; cachet gravé d'armoiries. Époque Louis XVI.

Haut., 12 cent.

291 — Étui a cire prismatique en or ciselé et gravé, bordures à petit laurier et fond quadrillé. Époque Louis XVI.

Haut., 12 cent.

292 — Étui a cire cylindrique en or ciselé, à bordures de feuillages et fond guilloché émaillé. Cachet gravé à initiales. Époque Louis XVI.

2o3 — Étui a cire cylindrique en or ciselé à canaux et laurier, avec petites guirlandes. Cachet gravé armorié. Époque Louis XVI.

Haut., 12 cent.

294 — Étui a cire, de forme ovale, en or ciselé, à cordons de perles et fond guilloché émaillé orange clair. Époque Louis XVI.

Haut., 12 cent.

295 — Étui a cire, de forme ovale, en or ciselé à cordons de perles et chutes de feuillage, avec fond guilloché émaillé orange. Époque Louis XVI.

Haut., 12 cent.

296 — Petit étui a cire en or ciselé à cordelettes et fond guilloché émaillé rouge.

Haut., 95 millim.

297 — Petit étui a cire prismatique, en or gravé et émaillé vert sur deux faces.

Haut., 86 millim.

298 — Petit étui a cire prismatique, en or ciselé et orné de filets d'émail blanc.

Haut., 10 cent.

299 — Étui a cire, en or, décoré de bagues ciselées à festons de fleurs et de rayures émaillées.

Haut., 120 millim.

3oo — Petit étui prismatique, en or, à petites bordures gravées. Fin du xviiie siècle.

Haut., 70 millim.

3o1 — Petit étui a cire, de forme rectangulaire, à petits angles coupés, en or, à cordons de feuillages ciselés et filet d'émail : au-dessous, cachet gravé. Fin du xviiie siècle.

Long., 10 cent.

302 — **Très petit étui** en forme de carquois, les flèches formant couvercle, en or émaillé bleu et blanc.

Long., 5o millim.

303 — **Petit étui** en or, gravé à arabesques. Commencement du xixᵉ siècle.

Haut., 75 millim.

304 — **Petit étui a aiguilles**, en or repoussé à fleurs et fruits.

Haut., 75 millim.

305 — **Petit étui a aiguilles**, en or repoussé, à décor de palmettes et rinceaux de feuillages fleuris. Commencement du xixᵉ siècle.

Haut., 87 millim.

306 — **Petit étui** plat, à huit pans, en or gravé et émaillé bleu et blanc. Commencement du xixᵉ siècle.

Haut., 82 millim.

307 — **Très petit étui** en or, à décor d'arabesques. Commencement du xixᵉ siècle.

Haut., 66 millim.

308 — **Étui a cire** plat, en or guilloché et émaillé orange et bordure en émail vert. Commencement du xixᵉ siècle.

Haut., 11 cent.

309 — **Petit étui a cire**, de forme rectangulaire, en or guilloché partiellement émaillé bleu; cachet gravé aux initiales *P. M.* Commencement du xixᵉ siècle.

Haut., 10 cent.

BOITES — TABATIÈRES
EN OR ET OR ÉMAILLÉ

310 — Boite ovale en or ciselé et gravé, à décor de bordures d'entrelacs et fleurs sur fond rayonnant; anciens poinçons. Fin de l'époque Louis XV.

Long., 68 millim.; larg., 5o millim.

311 — Boite ovale ouvrant à charnières, en or ciselé et guilloché, à bordures; sur le couvercle, médaillon ovale avec attributs. Poinçon d'ALATERRE. Fin de l'époque Louis XV.

Long., 66 millim.; larg., 46 millim.

312 — Boite ovale en or ciselé, à bordures faites de cordons de laurier émaillés en couleur; sur les faces et au pourtour, pavage à entrelacs émaillé bleu et rouge. Le couvercle est orné d'un petit médaillon ovale à sujet émaillé. Poinçon de PRÉVOST. Fin de l'époque Louis XV.

Long., 70 millim.; larg., 56 millim.

313 — Boite ovale en or ciselé, à bordures simulant des perles; fond guilloché émaillé bleu. Poinçon de CLAVEL. Époque Louis XVI.

Long., 68 millim.; larg., 5o millim.

314 — Boite ovale en or ciselé à bordures, festons de feuillage et ruban émaillés en couleur; fond guilloché émaillé rouge et filet d'émail blanc. Époque Louis XVI.

Long., 65 millim., larg., 48 millim.

315 — Boite ronde en or ciselé et fond guilloché émaillé aubergine, avec bordures à émaux de couleur, cordons de perles et feuillages. Poinçon de CLAVEL. Époque Louis XVI.

Diam., 58 millim.

316 — BOITE ovale en or ciselé, émaillée *queue de paon*, ornée de
bordures à petits émaux de couleur. Poinçon de CLAVEL..
Époque Louis XVI.

> Long., 85 millim.; larg., 45 millim.

317 — BOITE ronde en or ciselé à cordelettes, ornée sur le dessus
d'un médaillon ovale peint en émail représentant des jeunes
femmes tenant des guirlandes de fleurs. Poinçon de CLAVEL.
Époque Louis XVI.

> Diam., 70 millim.

318 — BOITE ronde en or ciselé et guilloché à rinceaux de petits
feuillages en bordure et médaillon rond avec trophée d'attributs au centre. Poinçon de CLAVEL. Époque Louis XVI.

> Diam., 76 millim.

319 — BOITE ronde en or ciselé à bordures simulant des perles :
au centre de chaque face, rosaces sur fond émaillé rouge,
bordé d'un filet d'émail blanc. Poinçon de CLAVEL. Époque
Louis XVI.

> Diam., 74 millim.

320 — BOITE ronde en or ciselé à bordures de laurier et fond
guilloché émaillé bleu. Époque Louis XVI.

> Diam., 65 millim.

321 — BOITE ovale en or ciselé à bordures de torsades et attributs entre petits pilastres, avec fonds guillochés, d'époque
Louis XVI, portant le poinçon de CLAVEL. Elle est émaillée
opale avec filet d'émail bleu.

> Long., 68 millim.; larg., 48 millim.

322 — BOITE ovale, en or ciselé, à bordures de torsades, perlés
et petits médaillons, avec fonds guillochés, d'époque
Louis XVI, portant le poinçon de CLAVEL. Elle est émaillée
gris perle, avec filet d'émail blanc.

> Long., 68 millim.; larg., 48 millim.

323 — Boite ovale, en or gravé et guilloché, avec bordures émaillées bleu turquoise. Le couvercle est orné d'un médaillon peint en émail : jeune femme auprès d'un brûle-parfum ; vers la droite, sur un coussin, les attributs de la royauté. Époque Louis XVI.

Long., 84 millim.; larg., 60 millim.

324 — Boite rectangulaire, à pans coupés, en or ciselé et émaillé, à décor de guirlandes en vert sur fond ivoire ; bordures et pans coupés, avec émaux de couleur. Elle est ornée, sur le couvercle, d'une petite miniature peinte en émail : portrait d'un prince revêtu d'une cuirasse, dans un encadrement pavé de roses : poinçon de CLAVEL. Époque Louis XVI.

Long., 80 millim.; larg., 46 millim.

325 — Boite ovale, en or ciselé, à bordures de feuillages, avec pointes d'émaux de couleur. Elle est décorée sur ses faces ainsi qu'au pourtour, de petits paysages maritimes, animés de personnages, émaillés en camaïeu rose. Poinçon de PRÉVOST. Époque Louis XVI.

Long., 70 millim.; larg., 50 millim.

326 — Boite rectangulaire, en or ciselé et gravé, ornée, sur chaque face, de branches de fleurs partiellement émaillées ; encadrements de rinceaux. XVIIIe siècle.

Long., 63 millim.: larg., 55 millim.

327 — Petite boite à cure-dents, en or émaillé en couleur, couvercle orné d'un médaillon hexagonal, avec vase de fleurs. Genève, fin du XVIIIe siècle.

Long., 80 millim.

328 — Petite boite à cure-dents, forme navette, en or gravé ; sur le couvercle se lit le mot : *Souvenir* Fin du XVIIIe siècle.

Long., 78 millim.

329 — BOITE ovale, ouvrant à charnière, en or ciselé, bordures
à rinceaux, fond guilloché à entrelacs. Commencement du
XIXe siècle.

Long., 8 cent. ; larg., 5 cent. 1/2

330 — BOITE rectangulaire, en or gravé et émaillé bleu, bordures
à petits rinceaux de feuillages. Commencement du XIXe siècle.

Long., 78 millim.; larg., 44 millim.

331 — BOITE rectangulaire, en or guilloché et émaillé vert et
bleu. Sur le dessus : paysage maritime. Le revers du couvercle est aussi émaillé : médaillon entouré de rinceaux.
Genève. Commencement du XIXe siècle.

Long., 77 millim.: larg., 47 millim.

332 — PETITE BOITE rectangulaire, à angles coupés, en or gravé
et guilloché, émaillé violet, avec bordures à fond blanc. Commencement du XIXe siècle.

Long., 65 millim.; larg., 40 millim.

333 — BOITE rectangulaire, à coins arrondis, en or ciselé et partiellement émaillé de bordures en émaux de couleur. Sur le
dessus, en bas-relief repoussé : sujet allégorique, et au-
dessous : attributs des sciences et des arts. Commencement
du XIXe siècle.

Long., 92 millim.; larg., 63 millim.

334 — PETITE BOITE rectangulaire, en or ciselé et gravé, bordure
émaillée bleu et fond d'émail vert ; au centre du couvercle,
médaillon réservé, vase. Époque Restauration.

Long., 67 millim.; larg., 42 millim.

335 — BOITE rectangulaire, à angles arrondis, en or ciselé, à
quadrillé et bordures à rinceaux feuillagés. Époque Restauration.

Long., 80 millim.; larg., 46 millim.

336 — Boite ovale, en or émaillé en couleur, à décor de médaillons à fleurs et attributs divers. Commencement du xixᵉ siècle. Au revers du couvercle, se lit l'inscription gravée : *Présent de S. M. la Reine des Belges à la Comtesse d'Oultremont. 5 Février 1833.*

Long., 70 millim.; larg., 43 millim.

337 — Boite ovale, en or guilloché, émaillée en couleur: au pourtour, petits paysages maritimes; au-dessous, bouquet de fleurs et fruits. Le couvercle est enrichi d'une corbeille fleurie, en or pavé de brillants, rubis et saphirs. Au revers du couvercle, on lit, gravée, l'inscription : *Don de la Reine Marie-Amélie. Janv. 1833.* Commencement du xixᵉ siècle.

Long., 80 millim.; larg., 54 millim.

338 — Boite rectangulaire, à angles arrondis, en or finement ciselé, à corbeille de fleurs et bordures à rinceaux feuillagés, en ors de couleurs. Au revers du couvercle, on lit, gravée, l'inscription suivante, en anglais : *Presented by Her Majesty the Queen of Great Britain and Ireland to Dʳ Dupuis, in acknowledgment of the important services gratuitously rendered by him in his medical capacity in the year 1837 to Her Majesty's subjects inhabiting the British settlements on the river Gambia.*

Long., 90 millim.; larg., 68 millim.

339 — Boite oblongue, à angles coupés, en or ciselé, à rinceaux de feuillages, en émaux de couleur et fond guilloché émaillé orange, bordé d'un filet blanc. Sur le couvercle, blason *d'or à deux pals dentelés d'azur.* (Armorial de Picardie.)

Long., 95 millim.; larg., 30 millim.

340 — Boite ronde, en or ciselé et guilloché : rosace et festons de fleurs en bordures. Époque Louis XVI. Elle est émaillée bleu, avec filet d'émail blanc.

Diam., 63 millim.

341 — Petite boite ronde, en or guilloché, émaillée marron, avec filet d'émail blanc.

Diam., 46 millim.

342 — BOITE ronde, en or ciselé et guilloché : rosace et festons de fleurs en bordures. Époque Louis XVI. Elle est émaillée lie de vin, avec filet d'émail blanc.

Diam., 64 millim.

343 — BOITE ronde, Louis XVI, en or ciselé, à bordures et rosaces, fond guilloché, émaillé vert.

Diam., 75 millim.

CACHETS-BRELOQUES
MONTÉS EN OR

344 — CACHET-BRELOQUE en or; pierre gravée en intaille, buste d'homme barbu. XVIIIe siècle.

Haut., 28 millim.

345 — PETIT CACHET-BRELOQUE forme pyramide, en or ajouré à décor de guirlandes. Cachet gravé en intaille : buste d'empereur romain. Époque Louis XVI.

Haut., 30 millim.

346 — PETIT CACHET-BRELOQUE, forme pyramide, en or ajouré à petites guirlandes. Cachet gravé en intaille, représentant l'Amour vainqueur. Époque Louis XVI.

Haut., 30 millim.

347 — CACHET-BRELOQUE en or ajouré, à décor de mascarons et rinceaux. Cachet gravé en intaille, armoiries à double écu, surmontées d'une couronne à sept étoiles. Fin du XVIIe siècle.

Haut., 30 millim.

348 — CACHET-BRELOQUE à musique, forme bague, en or partiellement émaillé et orné de rubis. Genève, fin du XVIIIe siècle.

Haut., 42 millim.

349 — PETITE CASSOLETTE, forme petit livre, en or émaillé bleu, avec amours et attributs sur les plats, encadrements de demi-perles ; petit crayon dans le mors. Commencement du XIXe siècle.

Long., 42 millim.; larg., 30 millim.

COUTEAUX & CISEAUX

MONTES EN OR & ARGENT

350 — PETIT COUTEAU de poche à manche d'or, décoré, sur ses
deux faces, en léger relief, d'une couronne de marquis entre
deux dauphins; extrémités coquilles. Lame argent, XVIIIe siècle.

Long., 9 cent.

351 — COUTEAU de poche à manche de nacre avec incrustations
en couleur. Monture or, extrémité à coquille. Époque
Louis XVI.

Long., 12 cent.

352 — COUTEAU de poche à manche de nacre gravée et garniture
d'or : petites rosaces et extrémités coquilles; il est muni de
deux lames : argent doré et acier. Époque Louis XVI.

Long., 12 cent.

353 — COUTEAU de poche à manche de nacre incrustée d'or :
rosaces et extrémités coquilles; il est muni de deux lames,
or et acier. Époque Louis XVI.

Long., 11 cent.

354 — CISEAUX à branches d'or, dans sa gaine ou étui en or
émaillé en couleur. Ancien travail de Genève de la fin du
XVIIIe siècle.

Long. de la gaine, 10 cent.

355 — CISEAUX à branches d'or, avec sa gaine ou étui d'or guilloché et émaillé en couleur, avec inscription : *Amilié,* dans
un cartel. Ancien travail de Genève de la fin du XVIIIe siècle.

Long. de la gaine, 11 cent.

BOITES, ÉTUIS, &c.

EN ÉCAILLE, LAQUE, IVOIRE, &c.

356 — DRAGEOIR en ambre, de forme contournée et enrichi d'une monture en or à rocailles. XVIIIᵉ siècle.

Long., 55 millim.; larg., 45 millim.

Vente Schewitch (1906).

357 — GRANDE BOITE ronde en racine doublée d'écaille, offrant sur le couvercle un fixé sous verre : le Déluge. Commencement du XIXᵉ siècle.

Diam., 12 cent.

358 — PETITE BOITE à poudre, forme coquille, en poudre d'écaille, ornée sur le couvercle d'un enfant en nacre incrustée et d'appliques rocailles en or. L'intérieur est doublé d'or avec petite glace au revers du couvercle. XVIIIᵉ siècle.

Long., 63 millim.; larg., 50 millim.

359 — BOITE ronde, garnie de cercles d'or uni ou ciselé, en poudre d'écaille vieux rose lamée d'or; intérieur en écaille brune. Époque Louis XVI.

Diam., 83 millim.

360 — TABATIÈRE rectangulaire, en composition faite de poudre d'écaille et de bois et simulant une racine. Le couvercle est posé d'or : gerbe de fleurs et feuillage avec bordure d'encadrement. Monture à charnière en or, portant le poinçon de PRÉVÔT (1762-1768). Époque Louis XV.

Long., 87 millim.; larg., 41 millim.

361 — MÉDAILLON rond en poudre d'écaille comprimée, représentant d'après BAUDOUIN : *le Modèle honnête*, en relief et polychromé; encadrement à filets dorés et guirlandes. Époque Louis XVI.

Diam., 10 cent.

362 — **Boite** ronde bombée sur ses deux faces, en ivoire ajouré
et sculpté simulant la dentelle, offrant des jeux d'amours et
des ornements rocailles. Époque Louis XV.

Diam., 64 millim.

363 — **Boite** ronde bombée sur ses deux faces, en ivoire ajouré
et sculpté analogue à la précédente. Époque Louis XV.

Diam., 63 millim.

364 — **Autre boite** analogue aux précédentes, de même travail
et de même matière. Époque Louis XV.

Diam., 57 millim.

365 — **Œuf** en ivoire ajouré et sculpté, de même travail que les
précédentes. Époque Louis XV. Écrin en galuchat.

Haut., 60 millim.

366 — **Étui a aiguilles** cylindrique, en ivoire ajouré et sculpté,
de même travail que les objets précédents. Époque Louis XV.

Long., 12 cent. 1 2.

367 — **Étui a aiguilles** cylindrique, en ivoire ajouré et sculpté,
de même travail que le précédent. Époque Louis XVI.

Long., 12 cent. 1 2.

368 — **Petite boite** à épingles, forme navette, en ivoire et monture en métal. Sur le couvercle, petite miniature : sujet
allégorique. Époque Louis XVI.

Long., 92 millim.; larg., 33 millim.

369 — **Jeu de quatre boites** à jetons, en ivoire teint et gravé à
personnages grotesques, attributs et devises. Elles renferment
des jetons assortis de couleur en ivoire gravé et teint et offrent
sur le dessus un compteur à tourniquet. Époque Régence.

Long., 83 millim.; larg., 53 millim.

370 — **Boite** ronde en ivoire, ornée sur le dessus d'un groupe des
Trois Grâces, en ivoire découpé sur fond d'écaille. Double
fond. Époque Louis XVI.

Diam., 70 millim.

371 — Boîte rectangulaire, à angles coupés, en cristal; monture à charnière, en or partiellement émaillé en couleur, sur fond bleu.

Long., 60 millim.; larg., 50 millim.

372 — Boîte rectangulaire à deux compartiments et couvercle à deux charnières, en nacre gravée, montée à cage en or. Elle est richement décorée de motifs appliques en or, à arabesques et figures allégoriques : tritons, dieux marins, coquilles, etc. Fermoir enrichi de roses. Époque Louis XV.

Long., 85 millim.; larg., 60 millim.

373 — Petite boite rectangulaire, à angles arrondis, en laque noire piquée d'or; monture à cage et garniture intérieure en or. Époque Louis XV.

Long., 58 millim.; larg., 42 millim.

374 — Boîte ronde cerclée d'or, en laque noire posée or, à carrelages de petits disques et branches d'œillets: intérieur en écaille brune. xviiie siècle.

Diam., 67 millim.

375 — Boîte ovale, analogue à la précédente, montée en or, portant le poinçon de Prévôt. xviiie siècle.

Long., 75 millim.; larg., 40 millim.

376 — Boîte rectangulaire, en laque noire avec incrustations de burgau, formant carrelage. Monture en argent. xviiie siècle.

Long., 84 millim.; larg., 60 millim.

377 — Étui a aiguilles cylindrique, en écaille brune, posée argent : attributs divers dans des encadrements à rocailles, feuillages, etc. Époque Louis XV.

Haut., 115 millim.

378 — Étui a aiguilles plat, cerclé d'or, à petites torsades, en écaille brune posée de petites étoiles d'or. Époque Louis XVI.

Long., 13 cent. 1/2.

379 — Étui a aiguilles plat, en écaille brune, garni de quatre cercles en or gravé. Époque Louis XVI.

Long., 13 cent.

380 — Navette, décorée sur fond noir et sur ses deux faces, en or et en relief, d'un amour au centre de rinceaux de feuillages. Époque Louis XV.

Long., 13 cent. 1/2.

381 — Navette en écaille brune posée or : attributs de jardinage et bordure à grecque. Époque Louis XVI.

Long., 13 cent. 1/2.

Vente Guilhou, n° 21.

382 — Drageoir de forme contournée en écaille brune avec monture à charnière en argent. Le dessus offre les bustes du roi et de la reine, de profil et en léger relief, encadrés d'appliques en argent : ornements, armoiries et inscription. Époque Louis XV.

Long., 80 millim.; larg., 55 millim.

383 — Tabatière couverte, forme bateau, en écaille brune posée de petites étoiles et doublée d'or. xviiie siècle.

Long., 85 millim.

384 — Tabatière couverte, forme bourdaloue, en écaille brune posée de petites étoiles d'or avec bordure lambrequin. xviiie siècle.

Long., 11 cent. 1/2.

385 — Boite rectangulaire en écaille brune posée argent à motifs d'ornements rocailles : chiens et cerfs. Au revers du couvercle, plaque d'ancien émail de Saxe à sujet galant. Époque Louis XV.

Long., 80 millim.; larg., 57 millim.

386 — Boite rectangulaire en écaille brune, ornée sur le dessus, en incrustations d'or et de nacre, d'une composition à personnages chinois, dans le goût de Pillement. Monture en or. Époque Louis XV.

Long., 85 millim.; larg., 65 millim.

387 — PETIT COFFRET, de forme contournée, en écaille brune incrustée et posée or et nacre, orné sur le dessus, ainsi qu'au pourtour, de petits sujets détachés : *Andromède*, petits personnages allégoriques, etc. Époque Régence.

Long., 13 cent. 1/2 ; larg., 10 cent.

388 — BOITE plate rectangulaire en écaille blonde posée or, trophée dans un médaillon encadré de rinceaux de feuillage et oiseaux. Époque Régence.

Long., 80 millim.; larg., 57 millim.

Vente Guilhou, n° 7.

389 — BOITE ovale en écaille blonde posée or et argent, attributs et bordure. Monture argent. Époque Louis XVI.

Long., 72 millim.; larg., 44 millim.

390 — BOITE ovale en écaille blonde posée or, analogue à la précédente. Époque Louis XVI.

Long., 70 millim.; larg., 54 millim.

391 — BOITE ronde en écaille blonde posée or. Époque Louis XVI.

Diam., 65 millim.

392 — PETITE BOITE ronde, à bords moulurés, en écaille blonde incrustée et posée d'or : petites rosaces. Époque Louis XVI.

Diam., 65 millim.

393 — PETITE BOITE ronde en écaille blonde, cerclée d'or avec incrustations d'un semis de rosaces et de petits fleurons en or. Époque Louis XVI.

Diam., 62 millim.

OBJETS DIVERS
EN ARGENT OU MÉTAL

394 — CARNET-SOUVENIR avec calendrier, dans une reliure en nacre gravée et monture en métal ciselé et doré ; au centre de l'un des plats, petit médaillon émaillé. Époque Restauration.

Haut., 95 millim.; larg., 70 millim.

395 — NÉCESSAIRE de dame comprenant une boite ronde en cristal de roche montée en or, avec bouquets de fleurs sur le dessus en cire polychromée, un étui, une paire de ciseaux, un dé à coudre et deux passe-lacets en or, plus une boite à mouches en argent doré. Le tout est renfermé dans un écrin carré à pans coupés de GRUEL, en maroquin rouge du Levant, dont le couvercle est orné de trois petites miniatures ovales, portrait d'homme et deux portraits de femmes du XVIIIe siècle.

Long. et larg., 18 cent. 1/2.

396 — PETIT DRAGEOIR ouvrant à charnière, en argent gravé à arabesques et doré. XVIe siècle.

Haut., 50 millim.; larg., 35 millim.

397 — PETIT FLACON à parfum, de forme rectangulaire, à angles coupés, en argent guilloché et doré. Époque Louis XVI.

Haut., 40 millim.

398 — PETIT FLACON à parfum, cylindrique, en argent, à moulures ornées ; le bouton du couvercle fait d'un gland de chêne. XVIIIe siècle.

Haut., 40 millim.

399 — BOITE ovale en argent gravé, ciselé et partiellement doré. Époque Louis XVI.

Long., 90 millim; larg., 50 millim.

400 — BRULE-PARFUM en forme de corbeille, à anse mobile, en filigrane d'argent partiellement émaillé bleu. Ancien travail chinois.

Long., 75 millim.

401 — PETITE BOITE ovale en pomponne, décorée de canaux et bordures. Époque Louis XVI.

Long., 66 millim.; larg., 40 millim.

402 — BOITE rectangulaire à angles coupés, ouvrant à quatre charnières, en pomponne, à bordures et fond guilloché. Époque Louis XVI.

Long., 77 millim.; larg., 39 millim.

403 — PETITE BOITE ronde en pomponne, à décor de rosaces et petits canaux rayonnants sur les faces, verticaux au pourtour. Époque Louis XVI.

Diam., 45 millim.

404 — PETITE BOITE à fard de forme contournée et moulurée, ornée sur le dessus de deux coquilles, en cuivre doré, offrant à l'intérieur deux compartiments. Époque Régence.

Long., 55 millim.; larg., 45 millim.

405 — PETITE CASSOLETTE-BRELOQUE forme balustre, en métal gravé et doré. Époque Régence.

Haut., 38 millim.

406 — ÉTUI-NÉCESSAIRE en cuivre doré, décoré en relief de personnages Watteau et d'arabesques ; il renferme différents ustensiles : canif, ciseaux, etc. Époque Louis XV.

Long., 95 millim.

407 — CADRE rond Louis XVI, en bronze mouluré et doré, à décor de perles, feuillages et oves ; ruban de suspension et anneau.

Diam., 105 millim.

VITRINES

408 — PETITE VITRINE-CAGE sur base moulurée en cuivre doré. Maison MANTELET.

> Haut., 23 cent.; long., 20 cent.; larg., 15 cent.

409-412 — QUATRE VITRINES PLATES en cuivre doré; deux sont munies de stores intérieurs se manœuvrant de l'extérieur. Elles reposent chacune sur une table rectangulaire à tiroir, en bois peint. Maison VIENNET.

(Seront vendues séparément.)

> Long., 1 mètre; larg., 65 cent.; haut., 10 cent.

413 — GRANDE VITRINE PLATE, en cuivre mouluré et doré, ouvrant latéralement. Maison MANTELET.

> Long., 1 m. 80; larg., 90 cent.; haut., 14 cent.

LIVRES

414 — BOUCHOT (Henri). — *La Miniature française (1750-1825)*. Paris, Goupil, Manzi et Joyant, 1907, in-4°. Illustré de nombreuses vignettes et planches hors texte, reproduisant quantité de miniatures exposées à l'Exposition d'œuvres d'art du xviiie siècle, à la Bibliothèque nationale, en 1906. Exemplaire offert d'un ouvrage de luxe tiré à 200 exemplaires. Relié en maroquin vert du Levant et orné de dorures.

415 — MAZE-SENCIER (Alphonse). — *Le Livre des collectionneurs*. Paris, Renouard, 1885, in-8°, illustré, relié en chagrin vert.

416 — MAZE-SENCIER (Alphonse). — *Les Fournisseurs de Napoléon Ier et des deux Impératrices*. Paris, Renouard, 1893, in-8°, relié en chagrin vert.

417 — SIRET (Adolphe). — *Dictionnaire historique des peintres de toutes les écoles*. 1883. Deux vol. in-8°, demi-reliure chagrin vert.

418 — VILLOT (Frédéric). — *Hall, sa vie, ses œuvres, sa correspondance*. Paris, 1867, in-8°. Demi-reliure maroquin rouge avec coins. Exemplaire numéroté 38 (tiré à 130 exemplaires).